# LA
# TOISON D'OR

Sunt Aries, Taurus, Gemini, Cancer, Leo, Virgo,
Libraque, Scorpius, Arcitenens, Caper, Amphora, Pisces.

## PARIS

### É. DENTU, ÉDITEUR

LIBRAIRE DE LA SOCIÉTÉ DES GENS DE LETTRES

PALAIS-ROYAL, 17 ET 19, GALERIE D'ORLÉANS

—

1872

# TOISON D'OR

MAXIME DELAFONT

LA

# TOISON D'OR

Sunt Aries, Taurus Geniii Garce, le V o.
Libraque, Scorpius Arcitenens Cape A j   c j

PARIS

E. DENTU, ÉDITEUR

LIBRAIRE DE LA SOCIÉTÉ DES GENS DE LETTRES

PALAIS ROYAL, 17 ET 19 GALERIE D'ORLÉANS

1872

# AVANT-PROPOS

---

Si les poésies qui suivent peuvent donner lieu à quelques commentaires, à coup sûr elles ne nécessitent point une préface. Aussi nous contentons nous de les recommander à la bienveillante attention du lecteur. Cependant quelques personnes penseront peut-être que l'une d'entre elles, le poëme de l'Épi, eût gagné quelque chose à être précédée d'une exposition méthodique en prose des considérations d'ordre élevé sur lesquelles il repose. Nous en avons jugé autrement. Il n'est point douteux que, comme la route de l'imagination aboutit à la raison, la route de la raison n'aboutisse aussi à l'imagination. Mais la nature a coutume de suivre une

1

marche inverse, et, en ce qui concerne spécialement
l'homme, nous savons très-bien que son esprit ne rai-
sonne qu'après avoir imaginé. Aussi avons-nous cru
devoir attacher d'abord l'esprit du lecteur avant de
chercher à le convaincre, persuadé qu'un esprit attentif
à l'éloge de la vérité est déjà plus qu'à demi convaincu
de la réalité de son existence. D'un autre côté, ayant
commis en vers la faute de Psyché, qui consiste à tenter
d'arriver à la connaissance de la Divinité, avant que la
Divinité elle-même ait jugé bon de nous éclairer suffi-
samment de sa pure lumière, nous avons craint d'abuser
de sa bonté en interprétant mal sa raison, et si la
lumière du flambeau des Muses a pu l'offenser déjà en
répandant sur son ineffable beauté une goutte d'huile,
poétique peut-être, mais encore entachée de l'impureté
terrestre, combien ne l'offenserions nous pas davan-
tage en essayant de manifester mieux sa divine présence
par les ternes rayons d'une lampe aussi grossière que
celle de notre raison actuelle, qui ne pourrait nous en
présenter encore qu'une image confuse et peu digne de
l'admirable objet que nous cherchons en elle?

L'idée la plus exacte que l'homme puisse se faire de
Dieu est assurément celle qui le détermine à penser
qu'il n'en saurait jamais pénétrer les voies avec une

pleine clarté, et qu'il lui est incomparablement plus facile de l'adorer que de le comprendre. Puisque les voies du cœur mènent à la suprême intelligence par une intuition plus directe, plus rapide et plus sûre que celles de l'esprit, nous nous contenterons de les suivre, en attendant qu'une lumière plus parfaite arrive jusqu'à nous, et nous engageons notre lecteur à agir de même avec toutes les forces dont il dispose.

# LA TOISON D'OR

# INVOCATION

Dieu, protecteur du juste, écoute ma prière.
D'un cœur humble et soumis j'obéis à ta loi ;
Permets-moi pour un jour d'abandonner la terre,
Permets-moi pour un jour de m'élever vers toi.

Permets-moi d'effleurer les sphères azurées
Dont le cours lumineux préside à nos destins.
Permets-moi de planer sous les voûtes sacrées
Où l'on n'est plus troublé par les cris des humains.

Permets moi d'oublier ce que le ciel ignore :
Nos luttes sans grandeur, nos lâches passions ;
Et de fondre aux rayons de ta céleste aurore
Les coupables désirs de nos ambitions.

Permets-moi de monter jusqu'au saint tabernacle
Où fume l'encens pur des constellations ;
D'y pouvoir soutenir l'éblouissant spectacle
Que fuit notre œil troublé de pâles visions.

Permets-moi d'accorder la lyre harmonieuse
Qui ne célèbre pas les triomphes des sens ;
La lyre aux cordes d'or, la lyre lumineuse
Dont l'homme n'entend pas les accords ravissants.

Permets-moi de franchir les portes étoilées ;
Permets moi d'entr'ouvrir l'écrin de l'infini ;
D'atteindre du regard les vérités voilées
Que l'œil ne peut fixer sans en être ébloui.

Permets-moi de porter jusqu'à toi mon hommage,
Et de m'agenouiller devant ta majesté ;
Pour que d'un cœur plus pur je reflète l'image
Que mon âme reçut de ta divinité.

Permets-moi de répandre un peu de ta lumière,
Et de me revêtir de ta sainte bonté,

# INVOCATION.

Avant de remonter à la source première,
D'où vient toute sagesse et toute vérité.


Permets-moi d'échapper à ce monde où tout lutte,
Afin que, m'élevant à la hauteur des cieux,
Je puisse mesurer la grandeur de la chute
Que j'ai faite, en tombant, sous l'éclair de tes yeux ;


Afin que, pénétré de ta gloire infinie,
Voyant le gouffre où gît mon orgueil terrassé,
Je t'adore, en sentant tous les jours de ma vie
S'accroître mon regret de t'avoir offensé.

# LA BOUSSOLE

Pervigilem superest herbis sopire draconem.
Qui crista linguisque tribus præsignis, et uncis
Dentibus horrendus, custos erat arietis aurei.

OVIDE.

Pilote, il en est temps, découvre ta boussole,
Nous tendons vers le pôle et nous voguons vers Dieu.
Déploie, ô doux soleil, ta splendide auréole ;
Lampes du firmament, éclairez le saint lieu.

Franchissons des soleils les spirales sublimes.
Voguons pour conquérir la céleste toison.

Malgré les flots grondants et malgré les abîmes,
Tentons le grand voyage entrepris par Jason.

Dieu n'est-il pas plus fort que l'hydre menaçante ?
Lui qui règle son cours et contient sa fureur.
En doit-il redouter la marche envahissante,
Jusqu'en son sanctuaire en sentir la terreur ?

Non, déjà le serpent sous sa cuirasse d'astres
Sent le poids inconnu d'un talon surhumain
Imprimer sur son front, source de nos désastres,
Ton signe ineffaçable, anathème divin.

Il plonge, et se replie, étreignant ses victimes,
Enlaçant l'univers dans son embrassement ;
Sa formidable queue étonne les abîmes,
Et son corps ténébreux remplit le firmament.

Voilà bien le serpent chanté par la Genèse,
Le monstrueux Typhon qu'on ne peut terrasser ;
Le démon dont les yeux, plus rouges que la braise,
Incendieraient le ciel s'il pouvait s'embraser.

Ahriman ou Satan, de quel nom qu'on te nomme,
Toi qui sur ma planète as déchaîné le mal ;
Si redoutable à tout ce qui porte un nom d'homme,
Obéis à ce signe : Arrière, Bélial !

Cesse de menacer ma nacelle intrépide.
Courbe ton dos puissant, et romps tes nœuds pressés,
Reconnais que la main qui porte cette égide
Peut parer tous les traits que Dieu n'a pas lancés.


Qui pourrait arrêter notre marche sublime ?
Nous avons avec nous les célestes Gémeaux.
La Vierge de ses feux éclairera l'abîme
Dont la profondeur mène à des soleils nouveaux.


Adieu ! ne jetons pas un regard en arrière.
Adieu ! frères, époux. Adieu, lares chéris !
Sans hésiter jamais voguons vers la lumière,
Dont les divins rayons sont nos meilleurs amis.


Salut ! purs conseillers des vertus tutélaires !
Salut ! doux messagers des astres frémissants !
Qu'il est beau de brûler de vos saintes lumières,
De réserver son âme à vos feux bienfaisants !


Nous avons trop longtemps gémi dans les ténèbres,
Dirigez notre course à travers l'infini ;
Laissez-nous, dépouillés de nos langes funèbres,
Entrevoir cet Éden dont l'homme fut banni.


Laissez-nous retourner aux clartés sidérales,
Et répandre vers vous notre plus pur encens.

Échappons pour toujours aux lueurs sépulcrales
Que répandent les feux allumés par les sens.

Ah ! prenez en pitié notre humaine démence !
Ne nous accablez pas du poids de nos erreurs.
Ne nous enlevez pas la suprême espérance
De triompher des maux dont vous fûtes vainqueurs.

Debout ! pilote. Allons ! quittons ce noir rivage.
Plus de cris, plus de pleurs, de regards anxieux.
La vertu se mesure à l'effort du courage,
Elle seule aujourd'hui peut nous ouvrir les cieux !

# L'AGNEAU

Molle gerit tergo lucida vellus ovis.
Tibulle.


Si l'innocence en toi par la blancheur s'atteste,
    Agneau divin, agneau céleste,
Du ciel mystérieux ne crains pas le courroux,
    Pour l'innocent mourir est doux.


Tu verras d'autres champs, tu verras d'autres sphères,
    Victorieux de tes misères,
Et délivré du chien, jaloux de tes plaisirs,
    Tu sentiras d'autres désirs.

Le ciel sera le pré que ta faim voudra paître,
        Parcourir, aimer et connaître ;
Les astres à tes yeux seront les épis d'or,
        Dont l'aspect t'est bien cher encor.


        Leur doux troupeau marche en cadence,
        Et sans gardien et sans défense,
        Parcourt les cieux, la nuit, le jour,
        Sans autre guide que l'amour.


        L'adorable pasteur des âmes
        Allume en eux toutes ces flammes,
        Pour frapper vos regards craintifs,
        Et pour hâter vos pas tardifs.


        Devant cette faveur insigne,
        Le chien jaloux gronde et s'indigne ;
        Il poursuit votre blanc troupeau
        Toujours ancien, toujours nouveau.


        Efforts vains ! le berger fidèle
        Met votre troupe sous son aile,
        Il gourmande le chien brutal,
        Sa pénitence est votre mal.


        Allez en paix, brebis bêlantes,
        Boire aux ondes rafraîchissantes,

Leur pur cristal, du Dieu du jour
Réfléchit le divin amour.

Allez en paix, brebis tremblantes,
Ames timides, hésitantes,
Le ciel lit dans votre désir
Que la pudeur craint le plaisir.

Une ombre douce et protectrice
De son amour est la complice,
Quand tout repose autour de nous
Sans cris, sans bruit, il vient à vous

L'époux a couronné l'épouse ;
En vain la nature jalouse,
Crie au trépas, crie au forfait,
Il n'est plus temps, le mal est fait.

La lumière en ses bras candides
A pris ces âmes trop timides,
Qu'un amour si pur enflamma
Dans un dessein que Dieu forma.

Le ciel a des pentes très-douces
Où sans fatigue et sans secousses,
L'agneau pourra paître sans fin,
Sans souci de son lendemain.

Que lui faut-il? Une onde pure,
L'herbe tendre de la nature.
Mais c'est là bien peu, dites vous?
Les agneaux ne sont pas des loups.

Il leur suffit que l'Adorable
Mange et boive à la même table,
Pour trouver au frugal repas,
Un goût que vos festins n'ont pas.

Agneau charmant, agneau timide,
Reste tremblant, reste candide,
Sache bien que la pureté
Verra seule la vérité.

Que le loup hurle dans la plaine,
Que le chien gronde et se déchaîne,
Tout ce qu'ils font, je le veux bien;
Garde mes lois et ne crains rien.

Celui que la cause éternelle
Abrite et cache sous son aile,
Peut en paix braver leur courroux
Et seul leur faire face à tous.

Gardé par le pasteur fidèle,
Il voit fuir la troupe rebelle,

Dès que son glaive, hors du fourreau,
Luit, et leur entame la peau.

Car, le Créateur admirable,
Est aussi fort que redoutable ;
Devant lui, tout tombe à genoux,
Nul jamais n'en soutint les coups.

Pais sans crainte le champ céleste,
Du ciel mystérieux ne crains pas le courroux.
Agneau divin, agneau modeste,
Si l'innocence en toi par la blancheur s'atteste,
Au sein de Dieu, renaître est doux.

# LE TAUREAU

Ecce adamanteis vulcanum naribus efflant
Æripedes Tauri. —
OVIDE.

Louons le fier taureau qui va d'un pas tranquille
Couvrir de blonds épis une lande stérile,
Le travail en tous lieux est le premier des biens ;
Les obstacles vaincus deviennent des soutiens,
Par l'effort continu tout se métamorphose,
Le fruit sort d'un noyau, d'une épine la rose.
Ne redoutons donc pas les fatigants labeurs,
Laissons le sybarite à son tapis de fleurs.
Le travail est la loi de tout ce qui respire,

Qui songe à l'éviter à sa perte conspire.
Il n'est pas seulement la peine des pervers,
La sagesse l'impose à tous les univers.
Que sert de désirer l'immobilité calme ?
Un triomphe éternel veut l'éternelle palme.
L'âme ardente en travail doit transformer son feu,
Ce n'est point sans efforts qu'on s'approche de Dieu.

D'un labeur patient comprenons la puissance.
Si la béatitude engendre l'ignorance,
L'ignorance à son tour engendre mille maux,
Et l'homme a pour devoir de vaincre les fléaux.
S'il néglige un instant sa tâche ou qu'il l'évite,
Dieu saura le punir ainsi qu'il le mérite ;
Un perçant aiguillon apporte au corps lassé
La force d'achever le sillon commencé.

# LES GÉMEAUX

CASTOR.

Heureux qui peut unir en soi de deux patries
Le touchant souvenir à celui de deux vies !
Que serait la vertu sans sa fragilité ?
La faute de Léda fit ma divinité.
Grâce au tendre Pollux, mon rival et mon frère,
Je trône maintenant à côté de ma mère.

POLLUX.

C'est un noble plaisir, vraiment digne des dieux,
D'incliner vers la terre un front fait pour les cieux.

La clémence est un fruit que mûrit la sagesse,
Et dont un vrai héros sent la délicatesse.
L'amitié des mortels est un divin trésor,
Quand, parmi ces mortels, il se trouve un Castor.

#### LÉDA.

Qui n'admirerait point un accord aussi rare ?
Chaque jour, je confonds dans mon ravissement,
Le fils de Jupiter et le fils de Tyndare,
Tant les traits de l'époux semblent ceux de l'amant.

#### CASTOR.

Laissez le cygne errer sur les ondes émues ;
Laissez le contempler les nymphes demi-nues
Et jouir avec orgueil de leur trouble charmant,
S'il prête à l'œil d'un dieu le regard d'un amant.
La vierge de bonheur et de crainte frissonne,
Quand l'Olympe à ses pieds dépose une couronne.

#### POLIUX.

Les mortels ne sont pas ce qu'un vain peuple pense,
Il en est dont la gloire est digne qu'on l'encense.
Castor fut de ce nombre ; et la divinité
Honore des héros la magnanimité ;
Son pénétrant regard sait lire dans les âmes
Et deviner l'or pur dans le creuset en flammes.

#### LÉDA

J'admire de mes fils la grâce inépuisable,
Des fruits d'un tendre amour je goûte la douceur.

Ah ! quel qu'en soit l'objet, l'amour est adorable,
Quand le souffle des dieux l'allume dans un cœur.

### CASTOR.

De votre honneur, sur nous, reposez-vous, ma mère.
Tyndare aussi fut dieu, car Pollux est mon frère.
Qui put douter jamais de votre chasteté,
Ne connaît point l'amour de la divinité.
Il n'embrasa jamais que des âmes sublimes,
Et Vesta peut compter ses illustres victimes.

### POLLUX.

Quand, par les immortels, une faute est causée,
C'est qu'elle échappe même au regard de Lyncée.
Les hommes ont la foi, les dieux ont la raison.
Jupiter n'a jamais semé la trahison,
Ni redouté l'effet d'une fable perfide,
La crainte de Castor part d'une âme candide.

### LÉDA.

Tout ce qui m'offensa, sur terre, je l'oublie.
Pour un cœur maternel sont-ce de si grands maux ?
Léda renoncerait avec joie à la vie,
Pour réfléchir vos feux, mes immortels gémeaux !

# LE CANCER

Excute virgineo conceptas pectore flammas,
Si po es, infelix !...

    Ovior., *Medea, Jasonis amore capta.*

      Orion humeris et lato pectore
      fulgens in adspectu Dianæ.

### LE CANCER.

Qu'il est doux d'habiter sous les vagues profondes,
De dormir enfoui dans le sable vermeil !
Le corps tout pénétré de la fraîcheur des ondes,
Qu'il est doux de braver les rayons du soleil !

### ORION.

Le cristal transparent d'une onde diaphane
Baise en tremblant le sein de la chaste Diane,

Qui savoure du bain les plaisirs ingénus.
Parmi les roseaux verts, le jonc plein de souplesse
Enlace avec amour le corps de la déesse,
Et le sable frémit en touchant ses pieds nus.

### DIANE.

D'où vient ce beau chasseur debout sur la colline,
Quand Apollon déjà sous l'horizon s'incline
Avide des baisers de la blonde Thétis ?
De mon pâle croissant la craintive lumière
A peine à soutenir les feux de sa paupière,
Il a le port de Mars et les traits de Pâris.

### ORION.

Les nymphes en jouant mêlent ses blondes nattes
Dont la grâce a noué les tresses délicates,
Son front semble d'épis jaunissants couronné.
La superbe Junon est moins belle et plus fière,
Dans sa molle beauté Vénus est moins altière ;
Par des attraits si purs mon œil est fasciné.

### DIANE.

Faut-il qu'au seul aspect d'une beauté si rare
Une douce langueur de tous mes sens s'empare ?
Je ne sens plus des flots l'enivrante fraîcheur ;
Dans leur onde, l'Amour verse un feu qui m'embrase,
Et du perfide dieu je crains la folle extase,
Je redoute ses traits qui ne frappent qu'au cœur.

LES NYMPHES.

Déjà l'ombre descend des collines prochaines.
Un brouillard azuré s'élève des fontaines
Couvrant les prés fleuris de son voile argenté.
La biche au fond des bois lèche ses faons rapides,
Thétis presse Apollon entre ses bras humides ;
C'est l'heure que l'amour assigne à la beauté.

ORION.

J'ai chassé tout le jour sur les monts, dans la plaine ;
Si je m'arrête ici pour y reprendre haleine,
L'impatient Sirius se pourrait égarer.
Je préfère, lassé d'une aussi longue course,
Rafraîchir ma vigueur au cristal de la source
Que de ses pieds légers Diane vient d'effleurer.

DIANE.

Le regard d'Orion pénètre au sein des ondes ;
Dénouez promptement, nymphes, mes tresses blondes,
Sachez m'envelopper de leurs plis gracieux.
De Jupiter en moi je craindrais la faiblesse ;
Dans vos bras enlacés cachez votre déesse,
Dérobez-moi de grâce un instant à ses yeux.

LES NYMPHES.

Dans ce mortel effroi vous oubliez, déesse,
Que le croissant divin trahit votre faiblesse ;
Des flammes de l'amour on le voit agité.
A l'aspect d'Orion dont il ressent l'extase,

Tour à tour il pâlit, tour à tour il s'embrase,
Révélant de vos sens le trouble inusité.

### LE CANCER.

La déesse a vraiment de pudiques alarmes.
Elle frappe du pied sur le sable argenté ;
Cette noble frayeur accroît encor ses charmes,
La pudeur fait sentir le prix de la beauté.

### ORION.

Sur les monts de la Thrace et de la Thessalie,
O Diane, j'ai chassé tous les jours de ma vie.
Mon cœur brûla toujours de tes feux immortels.
Le destin a permis que j'ose te le dire,
Dans tes bras adorés couronne mon délire,
Ou je mourrai d'amour au pied de tes autels !

### DIANE.

Nymphes ! il en est temps, fuyez au fond des ondes !
Laissez sur mes seins nus flotter mes tresses blondes,
Rien n'échappera plus au regard d'Orion.
Envole-toi, pudeur ! Le désir qui m'enivre
Hors des feux allumés ne permet pas de vivre.
Triomphe, Amour cruel, de ma confusion !

### LES NYMPHES.

Cet amant, d'Actéon n'a pas le front servile,
Et ses nobles cheveux sur sa tête virile,
Sans doute, en bois de cerf ne se pourraient changer.
C'est un roi d'Orient digne de sa puissance,

Qui marche environné de sa magnificence,
Et ne doit point rester à l'Olympe étranger.

### ORION.

Que l'Olympe assemblé me juge et me condamne.
Si j'obtiens à ce prix les faveurs de Diane,
Je consens à subir un tourment éternel.
Les forêts ont perdu pour moi leurs doux mystères,
J'ai fatigué les monts de mes pas solitaires
Je suis prêt maintenant à remonter au ciel.

### DIANE.

Du divin Orion j'exauce la prière.
Que de mon croissant d'or rehaussant la lumière,
Son glorieux cortége au ciel monte avec moi.
Sur l'autel du Destin dont la Justice émane,
Qu'il accepte la main de la chaste Diane ;
D'un si parfait amant je subirai la loi.

### LE CANCER.

Qu'il est doux d'habiter la profondeur des flots !
D'échapper aux regards de la foule importune,
De braver les méchants et d'éviter les sots,
Qu'il est doux de dormir aux rayons de la lune !

# LE LION, L'AIGLE ET LA LYRE

Qui rêve d'imposer à tous l'obéissance,
Doit constamment unir sur ce globe arrondi
Le droit de la conquête au droit de la naissance,
Et le droit du plus fort au droit du plus hardi.
Rien ne se veut courber sous un joug insipide,
Et le commandement naît de la volonté ;
Le pâtre s'enfuira devant l'agneau timide
S'il n'unit la houlette avec l'autorité.

5

C'est du glaive que naît la majesté du sceptre,
Et tous les animaux, jusqu'au tendre mouton,
Sauront mordre la main qui pose le bâton ;
Du plus puissant des rois la crainte fait un spectre.

L'AIGLE.

Quiconque veut régner sur ce monde coupable
Doit, dans tous ses desseins, rester impénétrable.
Et cachant avec soin leur sublime hauteur
Rien que par leurs effets en montrer la grandeur ;
Afin que des mortels la sagesse trompée
Ne puisse atteindre l'aigle en son aire escarpée.

LA LYRE.

Dissimulation, force, audace, volonté,
N'engendrent qu'une vaine et courte autorité,
Si le roi du pouvoir n'use avec harmonie,
Et n'en doit le prestige à l'éclat du génie.

# JANUA COELI

Mesure qui pourra tes ondes éternelles,
Éther fluide et pur, insondable élément;
Dais somptueux jeté sur nos têtes mortelles
Dont l'azur transparent voile le firmament.

Ici, tout naît, tout lutte, et grandit, et tout passe.
Tout a sa forme sainte inscrite dans l'espace,
Son sceau mystérieux par le ciel consacré.
Rien qui n'ait sa limite et ne soit mesuré;

Rien qui n'aille à son but et ne tende à son terme;
Rien qui n'ait son destin enfermé dans son germe.
Rien qui, d'un double nœud, ne soit, naissant au jour,
Contenu par la force, attiré par l'amour.


Ici, du moins, l'on peut, bien qu'à travers un voile,
Te contempler, Isis, mystérieuse étoile!
Qui dira la grandeur de tes travaux divins,
Et le nombre infini des œuvres de tes mains,
Ce que le Verbe nomme, et ce que tu révèles?
Pour te suivre ici-bas, notre esprit n'a point d'ailes,
Dans ton saint tabernacle il ne saurait entrer;
Il voit naître et mourir, mais ne voit point créer,
Et le secret profond de l'œuvre souveraine
Échappe à ses efforts et résiste à sa peine.


Mais, au delà du jour où tout palpite et fuit,
Dans l'abîme fermé de l'invisible nuit,
Au delà du créé, hors des choses sensibles,
Dans l'infini latent où dorment les possibles,
Ce qui n'a pas de nom, ce que médite Dieu,
Repose en attendant et sa forme et son lieu.
Là, tout est indistinct, là tout s'ignore encore,
Et pourtant tout aspire à la céleste aurore,
Et pourtant tout se meut au-devant de l'esprit,
Et tout demande à vivre avec celui qui vit!

O chaos! sein gonflé de la Vierge divine!
Source où tout s'alimente et flamme où tout s'anime!
L'amour épand en toi ses désirs éperdus,
Et s'enivre en buvant tes parfums répandus.
Les mondes tariraient si la flamme éternelle
D'un immortel désir ne gonflait ta mamelle;
Si vers le Dieu vivant tu n'aspirais sans fin;
Si tu n'en avais soif, si tu n'en avais faim;
Si des feux de l'esprit tu n'étais embrasée,
Si ses baisers cessaient, ainsi qu'une rosée,
De rafraîchir le sein qui conçoit l'infini!
Le chaos qui palpite en toi se sent banni
De la région pure où l'essence se forme;
Il aspire à la vie, il aspire à la forme;
Il te demande grâce auprès du Tout Puissant,
Il pénètre ton cœur d'un désir renaissant
Que rien ne satisfait, que rien ne rassasie,
Qui s'altère en buvant à la coupe de vie,
Qui des feux de l'hymen constamment embrasé,
Ne saurait pas finir, n'ayant pas commencé.


O soupir virginal de tout ce qui peut être!
Longue aspiration des profondeurs de l'être,
O tourment éternel d'un sein par Dieu béni,
La douleur n'est en toi qu'un amour infini!
Qu'un trop pressant désir d'une joie assurée,
Qu'un trop brillant éclair de la flamme sacrée,

Qu'un attrait si profond qu'il brûle en pénétrant
Dans les replis charmés d'un cœur trop palpitant.
Qui pourrait te décrire, aspiration sainte?
Source de tout plaisir, âme de toute plainte!
Enlacement confus des mondes à venir,
Fleuve où l'amour bouillonne et qu'on ne peut tarir!
Ascension sans fin des choses incréées,
De l'océan d'amour vagues démesurées!
Ineffable aliment d'un invisible feu,
Substance que la Vierge offre à l'esprit de Dieu!


Non, rien ne tarira ta source inépuisable,
Non, rien n'arrêtera ta course infatigable;
Ton flux perpétuel et tes ondes sans bords,
Essence des esprits et substance des corps.
Nul occident pour toi qu'un orient sans terme.
L'Éternel mit en toi l'impérissable en germe;
Tu n'atteindras jamais au but tant désiré,
Mais gravitant toujours vers l'idéal sacré,
Il n'est pas de splendeur que ton vol ne dépasse,
Car l'amour n'a pas mis de limite à la grâce.


Subsiste donc, chaos, hors du temps, hors du lieu,
Habite en frémissant les profondeurs de Dieu.
Chaque heure que le temps déroule dans l'espace,
Offre une aire à ta course, et te prête une place.
Les abîmes croissant dans les cieux étoilés

Veulent être remplis, veulent être peuplés.
Le gouffre est un attrait, et l'amour un vertige.
Le Créateur divin est épris du prodige,
Il veut réaliser dans l'infini latent
Sa pensée invisible en un monde éclatant.
Le sein voilé d'Isis se découvre à sa vue...
Aussitôt, s'incarnant dans la forme éperdue,
Un monde resplendit que le ciel ignorait,
Et qu'Isis va nourrir d'une goutte de lait !


Ineffables grandeurs ! voluptés éternelles !
Nature inépuisable aux fécondes mamelles !
Vierge et mère adorable, essence qui conçois,
Le seul amour de Dieu peut te dicter des lois.
Cœur ineffable et chaste, inondé de tendresse !
De tout ce qui respire invisible déesse !
Immortel féminin ! source de la beauté !
O forme que l'esprit donne à la vérité !
Non, nous ne craignons plus que ton amour se las
Que l'Éternel ait mis une borne à ta grâce ;
Que ton désir heurtant un obstacle fatal
Nous replonge à jamais dans l'abîme du mal ;
Ou que, nous oubliant loin des splendeurs de l'êtr .
Il soit un ciel là haut qu'on ne puisse connaître ;
Un rivage d'azur où ne puisse aborder,
Cette nef que l'aimant divin saura guider
A l'abri des écueils, au delà des orages,

Cette création, pleine de tes ouvrages ;
Qui nous dit ta grandeur, et révèle un hymen
Qu'on ne peut célébrer dans le langage humain,
Mais qui reste entre nous l'arche de l'alliance,
Gage de la promesse et de la délivrance !

# L'ÉPI

Spicum illustre tenens
splendenti corpore Virgo.

CICÉRON.

Quæque diu latuere, canam : juvat ire per alta
Astra ; juvat, terris et inerti sede relicta,
Nube vehi, validique humeris insistere Atlantis ;
Palantesque homines passim ac rationis egentes
Despectare procul, trepidosque obitumque timentes
Sic exhortari, seriemque evolvere fati.

OVIDE, *Pythagoras in Italiam.*

1

Quelle vision sainte emplit mes yeux troublés ?
Chantez, luths frémissants des astres étoilés !
Embaumez tout le ciel de vos chastes cantiques,
Déroulez de l'hymen les strophes pacifiques.

Ici le firmament paré comme un autel,
Sans éblouir les yeux luit d'un jour immortel
Qui pénètre les corps et remplit tout l'espace.
L'air y flotte embaumé du souffle de la grâce.
Voyez : rien n'est caché. Goûtez : tout est exquis.
Royaume de l'amour, heureux qui t'a conquis !
Qu'importe le chemin pourvu que l'on arrive
A fouler les gazons de l'éternelle rive,
A sentir qu'en nos jours sombres, si pleins d'ennui,
L'amour de Dieu nous fit abréger l'infini ?


Car l'infini de toi nous sépare. Auréole,
Faite de ce qui charme et de ce qui console,
Ton attrait pénétrant dans tous nos sens versé
Nous guide, quand pour nous ton ciel s'est éclipsé.
Notre esprit est lié de la chaîne sereine,
Et rien ne la rompra, ni le temps, ni la peine ;
Ni les jours écoulés dans ces cachots profonds
Sépulcres faits de chair, et dont nous étouffons.
Quel étrange supplice ! être plein de lumière,
Et ne rien voir en soi, ni devant, ni derrière.
Soi-même se chercher sans pouvoir se trouver ;
Se demander si vivre est vivre, et non rêver !
Sentir le fil secret de l'incompréhensible
Lier tous nos efforts de son nœud invisible :
Aller, chercher, tenter, vouloir, quand tout est vain !
Pourtant ton aube approche, et ton jour est divin !

11

Cette étoile est le centre où tout désir converge
L'épi céleste éclos dans le sein de la Vierge,
D'où sortent par milliers les constellations
Gerbes d'or dont l'azur réfléchit les rayons.


Ici, tout est réel. Ici, tout est visible.
Le regard y perçoit les formes du possible,
Qui, pour l'œil qui voit tout, sont les formes du bien.
Comme on comprend ici que l'homme ne sait rien !
Comme on voit la limite où son intelligence
Dévie, œil imparfait trompé par l'apparence,
Quand il vient à penser que dans l'œuvre de Dieu
Le mal pourrait trouver et sa forme et son lieu !
Mais le mal est absurde, et l'absurde, impossible.
La douleur seule existe, et n'est que trop sensible
Dans le monde des sens où l'homme est retenu ;
De l'imperfection c'est le mètre inconnu.
Mode étrange, et pourtant parfait comme Dieu même.
S'il confond un esprit moindre que le problème,
N'en accusons que nous et la débilité
D'un regard qu'éblouit la pure vérité.

Quoi! l'être sans effort croîtrait dans les délices?
Il n'aurait d'autre loi que d'absurdes caprices?
Rien ne dérangerait ses chimériques plans?
La passion en lui lasserait ses élans?
De s'aveugler sur tout Dieu le laisserait libre?
Il n'aurait qu'à marcher pour perdre l'équilibre?...
Hommes! connaissez mieux la suprême raison,
Sachez combien le ciel dépasse l'horizon,
Et qu'un calcul parfait embrassant toute chose,
Jugea bon de donner une épine à la rose.

## III

De la rose du ciel la mort est l'aiguillon.
L'âme par sa piqûre est ouverte au rayon;
L'embûche de Satan se transforme et s'azure,
Au choc inattendu de la lumière pure.
Le germe fécondé sort du moule entr'ouvert,
Et se joue au milieu du firmament ouvert.
Telle est votre œuvre auguste, ô céleste puissance!
La peine est un sillon que le ciel ensemence,
Et dont plus tard les fruits éblouiront les yeux.
Multipliez, esprits, vos efforts radieux.
Pénétrez-vous du but de l'essence suprême,

Veillez à ce qu'on prie, et commandez qu'on aime.
Arrachez de nos cœurs les arbres épineux
Dont les fronts chevelus nous dérobent les cieux;
Les erreurs dont le temps voit les branches flexibles
Enlacer la raison de leurs nœuds invisibles,
Et les vices dont l'œil aime l'obscurité,
L'antre des passions de tout temps habité,
Que garde le dragon de l'impure Géhenne,
Le monstre volupté tout frémissant de haine!


Purs esprits, qu'un amour divin peut enflammer,
Voilà pourtant le champ que vous devez semer.
Voilà le but lointain qui s'offre à votre tâche.
La glèbe aride encore où le ciel vous attache.
Vous ne pouvez y faire un pas sans vous blesser.
Ces fleurs ont un parfum qui peut empoisonner;
Ce chant mélodieux sort de lèvres humaines :
Compagnons de Jason, gardez-vous des sirènes !



IV



Mais ici choisissez les plus charmantes fleurs.
Choisissez les parfums; choisissez les couleurs.

Votre goût épuré n'est plus ce sens indigne
Qui s'enivra jadis du suc pur de la vigne :
Le bon n'est plus pour vous que la saveur du vrai.
Ah! l'art sur cette terre est un informe essai,
Une ébauche sans nom de la grâce éthérée
Dont Dieu remplit du ciel la voûte consacrée.
Là, tout est harmonie, accord suave, hymen.
Là, tout est dépassé de l'idéal humain.
Plus de chair ténébreuse et de voiles difformes ;
Le jour a pénétré l'enveloppe des formes
Et les fait resplendir d'un éclat sans égal.
Plus rien du faune impur, plus rien de l'animal.
L'œil charnel s'est fondu dans la sainte prunelle
Dont l'orbe éblouissant de lumière étincelle.
Le cachot s'est ouvert dans l'éther transparent,
L'âme s'est éclairée en se transfigurant,
L'azur enfle son aile à l'immense envergure
Et son vol frémissant embrasse la nature !


Monts dont l'homme admirait la terrestre hauteur,
Soleils réfléchissant l'âme du Créateur,
Étoiles que notre œil suit dans leurs cours sublimes,
Comètes dont la queue est l'effroi des abîmes,
Astres lointains perdus dans le firmament bleu,
Voyez fuir devant vous ce météore en feu !
C'est une âme que Dieu ravit à la matière :
Un esprit qui triomphe et vole à la lumière ;

C'est votre prisonnier qui s'échappe et s'enfuit;
C'est un cœur racheté de l'éternelle nuit,
Qui ne sait même plus de quel nom on vous nomme,
C'est l'archange immortel dont la larve était l'homme !


V


Laissez mon œil sur vous se reposer, splendeurs !
Laissez-moi m'enivrer de toutes vos grandeurs.
Laissez-moi savourer les chastes harmonies
Dont frémissent en vous les strophes infinies.
Le temps n'est plus ici qu'un souvenir lointain,
Et l'avenir riant est l'éternel matin.


Délivrance inouïe, éclatante, ô prodige !
Céleste profondeur dont ravit le vertige.
Ainsi, tout était songe, ainsi, tout était vain.
Salut ! aube sans nom du jour sans lendemain,
Du regard de l'esprit rayonnement splendide;
Océan lumineux qu'aucun souffle ne ride.
Pour un cœur si longtemps de ta flamme agité,
Qu'il est doux de sentir l'air de l'éternité !

Seul, le juste est réel. Le vrai devient visible.
Dieu, pour mieux nous charmer, sort de l'inaccessible,
Sous des traits inconnus il se révèle à nous.
Le ciel n'était qu'une ombre : Archanges, à genoux !
Secoue, ô firmament, ta poussière d'étoiles.
Dieu lui même pour nous lève tes chastes voiles,
Nature ; incline-toi devant ton Créateur,
Tu n'en saurais encor mesurer la grandeur !
Ni les anneaux sans fin des pâles nébuleuses,
Ni des cieux inconnus les courbes sinueuses,
Ni les cycles formés des siècles et des ans,
Ni les soleils passés, ni les soleils présents,
N'en sauraient embrasser le Verbe incomparable,
Grandeur inaccessible à l'incommensurable !


VI


Mais comment soutenir ta vue, ô majesté ?
Comment paraître nus devant la vérité ?
L'âme humaine sentant quel regard elle affronte
Se sent brûler encor des rougeurs de la honte,
Au souvenir vivant de l'opprobre et du mal.
Rends à ce lis flétri son éclat virginal !

De nos jours ténébreux efface la mémoire ;
Ne nous condamne plus à rougir de ta gloire ;
A reculer devant la présence du beau,
A craindre les rayons de l'éternel flambeau.


Nous avons pu douter de ta présence auguste,
Balancer sur le vrai, hésiter sur le juste.
Les regards assaillis de funestes lueurs,
Nous avons encensé les plus folles erreurs.
Nous avons invité nos âmes dégradées
A se livrer sans crainte à d'impures idées.
Peu soucieux du ciel et de notre vertu,
Nous cédâmes souvent sans avoir combattu.
Nous avons méconnu ton amour et son gage,
Et consommé d'Adam l'irréparable outrage !
Éternel, prends pitié. Ciel, en tes profondeurs
Voile ces souvenirs trop féconds en douleurs.
Hélas ! nous bûmes l'onde en reniant la source,
Le soleil vainement recommençait sa course,
Il échauffait la terre et nos cœurs restaient froids ;
Les méchants triomphaient, nos vices étaient rois.


Chargés de tels forfaits dont le poids nous accable
Pouvons-nous implorer ta clémence adorable,
Effacer nos erreurs par notre repentir
Et d'un esprit sans tache enfin nous revêtir ?

4

Mais un souffle plus pur palpite dans nos âmes,
Tout est purifié par ses sublimes flammes,
Le Dieu dont nous craignons la justice et les coups
Apparaît, souriant, sous les traits les plus doux
Le crime est dépassé par sa miséricorde,
Et le divin pardon, sa grâce nous l'accorde !

VII

L'intelligence ici se découvre à l'esprit ;
Dieu n'ayant pas voulu que l'âme le comprît
Avant de parvenir à cette sphère auguste
Où le vrai se traduit par la splendeur du juste.
L'esprit d'un jour plus pur savourant le bienfait
Mesure le rapport de la cause à l'effet ;
Des plans du Créateur il contemple la trame,
Dont la beauté suprême émerveille son âme.
Il suit les fils croisés par la perfection
Pour unir tous les points de la création
A la source d'où naît l'inénarrable vie.
Rien n'y peut échapper. Tout s'enchaîne et se lie.
Le merveilleux tissu qui se dérobe au jour
S'entrelace et grandit dans l'éternel amour.
Tout point est occupé par une créature,

Et chaque fil entier entoure la nature.
Voyez, rien n'est fini, mais tout est commencé.
Chaque création tient un monde embrassé.
L'infini, hors du temps, croît et se multiplie
Sans épuiser jamais les sources de la vie.
Nul obstacle pourtant : l'esprit n'en connaît pas.
L'espace enveloppé par l'éternel compas
Se sent tout pénétré par les formes de l'être.
Aucune erreur : l'esprit n'en saurait point commettre.
Un monde naît, grandit, s'efface et disparaît ;
Rien ne meurt que le temps qui sans cesse renaît,
Et comme l'infini croît et se multiplie,
N'étant que le ciseau qui modèle la vie.


## VIII


Livrez moi vos secrets : nombres, formes, grandeurs
Jeux divins où l'esprit déroule ses splendeurs.
Intelligence humaine, éprise du désordre,
Serpent qui sur la lime invisible veut mordre,
Vois s'élargir ici ton étroit horizon :
Sans voiles, un instant contemple la raison.
Embrasse le calcul dont la grâce infinie
Fit la nécessité fille de l'harmonie.

Vois les sons discordants de tes pleurs, de tes cris,
Se changer en accords pour d'immortels esprits ;
Car tout était prévu, même tes résistances,
Et tout est dépassé, même tes espérances.


Ah ! que nous avions soif de cette vérité !
Qu'il nous tardait d'atteindre à la réalité ;
D'échapper au chaos qu'on nomme le visible ;
D'apprendre que l'absurde est l'unique impossible,
Et que l'ordre divin dans son cours sidéral
Réalisera tout, tout ! excepté le mal !


## IX


L'obstacle à la lumière est la cause de l'ombre.
L'imperfection seule a rendu votre œil sombre.
L'homme vit entouré d'un jour éblouissant,
Mais son regard échoue, en le méconnaissant.
Sa statue, aux rayons de la céleste aurore,
Ne rend comme Memnon qu'un murmure sonore,
Du langage divin, informe bégaîment.
Regarde. Que vois-tu dans le bleu firmament,
Pénètres-tu la cause, et pourrais-tu la dire ?

La cause est dans l'amour que la raison s'inspire,
Amour légitimé par sa perfection,
Source d'où sort le flux de la création :
Rien n'étant plus parfait, rien n'est plus adorable.


Entre dans le réel et dans l'impondérable.
Sors du monde du rêve et de la fiction
Et suis le lent travail de la création :
L'homme nommant lenteur la vitesse infinie.
Comprends-tu le secret de l'immuable vie ?
Vois-tu comment le vrai, de lui-même éternel,
De sa propre substance a dû peupler le ciel ?
D'un effet limité la cause est passagère.
Il n'en n'est point ainsi de la cause première ;
L'impérissable effet s'en dégage et nous luit.
Il poursuit sans errer sa route dans la nuit
Déroulant les anneaux de la chaîne infinie,
Qui lie au même fil les formes de la vie.




X



Un seul moyen, l'amour, dans un seul but, le bien.
Non, ce bien passager qui pour l'esprit n'est rien ;
La fausse vision d'un plaisir éphémère,

Mais le bien éternel qu'aucun trouble n'altère,
La possession calme et sereine de Dieu.


Voilà le but qui mit tous les soleils en feu !
Le fluide dont l'aimant fait mouvoir tous les pôles ;
L'Atlas qui porte encor le ciel sur ses épaules ;
Voilà ce qui nous charme, et ce qui nous ravit,
Et le motif qui fait que notre univers vit !
La grandeur de l'effet se mesure à la cause.
Et la cause infinie est l'ordre où tout repose,
Et dont tout se déduit par un calcul divin
Inaccessible à l'œil comme au compas humain.
La volonté de Dieu se meut sans résistance.
Rien ne se comparant à son intelligence,
Rien ne se peut heurter à l'essor souverain
Que sa pensée imprime à nos globes d'airain.


Mais Dieu voulant à l'homme accorder le mérite
Engendre en lui l'effort, par lequel il l'invite
A s'élever lui-même ; et l'effort combattu,
S'il triomphe des sens, se nomme la vertu.
C'est le premier degré de l'échelle infinie
Par lequel on s'élève à la céleste vie.
Déjà le bloc grossier sent l'immortel ciseau
Travailler sans relâche à le rendre plus beau.
Bientôt s'aidant lui-même, épris de la lumière,
Lentement il s'arrache à l'impure matière,

Son front plus rayonnant sort de l'ombre qu'il fuit,
Ses pieds foulent encor l'empire de la nuit,
Mais l'esprit repoussant les ténèbres charnelles
Déjà veut s'élancer aux voûtes immortelles !


## XI


Dieu qui fait des soleils mouvoir les axes d'or
Modère ces désirs et nous dit : Pas encor !
Vous ignorez la voie où mon esprit vous guide.
Vous n'avez encor vu que les formes du vide,
Et ne pouvez atteindre à l'essence du bien.
La sagesse suprême est d'un long entretien.


C'est ainsi qu'à travers des phases éternelles,
L'esprit, sous l'œil de Dieu, suit des routes nouvelles ;
Plus lumineux déjà, déjà plus éthéré,
Il voit d'un jour plus sûr son regard éclairé.
Ce qui hier le charma provoque son sourire.
Il connaît déjà mieux celui que tout admire ;
Charmé de réfléchir sa divine clarté,
Il est fier de sentir qu'il sert la vérité.

Les fautes qu'il commit le troublent dans ses rêves.
Du flux de l'idéal il redoute les trêves.
De ses plaisirs passés il sent croître l'horreur,
L'ombre de ce qu'il fit éveille sa frayeur.
C'est en vain que Dieu même a de sa main auguste
Effacé ses erreurs du livre de l'injuste,
Le remords triomphant le pousse vers le ciel,
Et du bien qu'il doit faire est le germe immortel.
L'œil qui sait pénétrer dans l'essence des choses
Ne s'étonnera pas de ces métamorphoses ;
Voyant du pur amour la sublime raison,
Changer en doux nectar jusqu'au suc du poison ;
Car rien ne limitant sa puissance infinie,
Où nous cherchons la mort, il sait trouver la vie.


## XII


Que servent maintenant dans le firmament bleu
Les astres déroulant leurs spirales de feu ?
Les modes de la vie ont changé de nature
Et le beau resplendit sans voile et sans parure.


De quel nom te nommer, idéale beauté,
Rameau luxuriant de l'arbre vérité :

O Vierge dont l'épi s'épanouit en gerbe,
De quel nom te nommer dans la langue du Verbe ?
Sans effort devant toi les cieux se sont ouverts ;
Nous n'entendons plus rien des terrestres concerts.
Tout est changé pour nous : plus de nuits, plus de voiles.
L'azur s'est refermé sur les blondes étoiles;
Leurs charmantes lueurs n'attirent plus les yeux :
Qu'est au regard de Dieu la profondeur des cieux ?


Que nous fûmes trompés par un prestige étrange,
Et combien l'œil de l'homme étonne l'œil de l'ange !
Plus rien de ce qui fut pour nous réalité,
Le firmament lui-même en voilait la beauté.
Il s'est évanoui devant nous comme un songe.
C'est dans la vérité que notre regard plonge.
C'est dans l'inaltérable et céleste miroir
Où la nature en Dieu frissonne de se voir !
Depuis les premiers jours, depuis l'aube éternelle,
Son image s'y grave, éclatante, immortelle !
L'Être s'y réfléchit dans son immensité,
Sans qu'aucun souffle impur en voile la beauté,
Ou que cette vision sublime s'interrompe,
Cristal trop épuré pour que rien s'y corrompe.

## XIII

L'astre, qui, de lumière, a la plus large part,
Ne serait pas visible auprès de ce regard.
Mais il s'y réfléchit dans tout ce qu'il peut être
Suivant tous les degrés de l'échelle de l'Être,
Et tel que sa splendeur à l'homme apparaîtra.
On voit de ce qui fut naître ce qui sera :
L'esprit perçoit partout la déduction double
D'où l'éternel présent en deux parts se dédouble,
L'une étant l'Orient et l'autre l'Occident,
Et toutes deux autour du centre gravitant
Sans s'éclipser jamais et jamais se confondre,
Et pouvoir autrement qu'en Dieu se correspondre.


Des rapports infinis en tous sens embrassés
Déterminent partout les mondes commencés,
Dont l'ineffable amour est l'aliment sublime.
Le fruit sort doucement de la tendre racine.
Rien n'interrompt jamais le calcul éternel
Dont le chiffre sphérique est la voûte d'un ciel :
Chiffre mystérieux que l'on voit dans l'espace
Croître indéfiniment pour y marquer sa place !

## XIV

Pourtant l'homme obligé, dans l'ombre, de ramper,
Doute que ce calcul ne se puisse tromper.


Mais regardez d'ici sa céleste spirale
Trahir de ses anneaux la beauté sidérale,
Et voyez comme tout s'éclipse à cet aspect !
Insensé qui pensas que l'esprit se trompait,
Mesure si tu peux ton erreur infinie,
En percevant du vrai l'ineffable harmonie.
Dans l'océan du beau vois une ombre plonger :
C'est ton doute qui sombre et n'y peut surnager ;
Et si de ton erreur tu concevais l'outrage,
Tu t'évanouirais à son horrible image.


Ce calcul embrassant les profondeurs du vrai
N'est pas inaccessible au plus timide essai ;
Mais l'ampleur du regard y traçant sa limite
De l'aire qu'il parcourt détermine l'orbite.
Son vol trop incertain s'égare s'il en sort,
Et rien ne l'agrandit que le constant effort,

Sans relâche, opérant l'ascension de l'être,
Par un mode que l'homme avide de connaître
Et déjà pénétré de son sublime feu,
Cherche dans la nature et ne trouve qu'en Dieu.


Hors de lui, tout est onde et s'enfuit de la source.
Le vrai ne saurait être arrêté dans sa course ;
Les splendides coursiers qui parcourent l'éther,
Impatients du frein, ne se peuvent dompter.
Le char olympien ne connaît pas d'obstacle ;
Le mystère trahit les lèvres de l'oracle ;
Et l'esprit remontant comme il est descendu
Laisse notre regard le chercher, éperdu,
Car la vérité pure, aux sens inaccessible,
Dans le monde des corps est toujours invisible !


### XV


Son royaume est l'esprit : la divine Raison,
Dont le pur firmament ignore l'horizon,
Au delà du connu prolongeant le possible,
Et la réflexion le rend seule accessible.
Dans la sphère des sens il n'est rien de réel,
Et la vérité vit dans l'immatériel.

Qu'il est doux d'habiter dans ce royaume auguste,
Où le soleil du beau luit sur le front du juste !
De nos songes d'en bas les confuses vapeurs
S'agitent, sans pouvoir atteindre à ces hauteurs.
Fictions d'un moment, dont les formes flottantes,
Sur le seuil du réel s'arrêtent hésitantes.
Dieu seul de nos erreurs garde le souvenir,
Linceul sombre d'où sort le riant avenir ;
Elles meurent en nous pour nous faire revivre,
Et ce linceul divin du tombeau nous délivre.


Ah ! ne nous plaignons pas de toutes nos douleurs !
Souffrons, mais que nos maux soient couronnés de fleurs !
Car ils sont les degrés de l'échelle invisible.
Dieu resterait sans eux à l'homme inaccessible,
Car ne triomphant pas de l'imperfection
Il n'atteindrait qu'au seuil de la création,
Et prenant pour le vrai de confuses ténèbres,
Il s'ensevelirait dans leurs vapeurs funèbres.


Mais l'épreuve pourtant nous accable et nous suit ;
Qui pourrait échapper au bien qui nous poursuit ?
Payons donc le tribut qu'on doit à la nature,
Payons-le sans terreur, payons-le sans murmure.
Devant l'esprit d'où sort tout ordre bienfaisant
Il n'est qu'une grandeur, c'est d'être obéissant,

Et dans la profondeur qui de lui nous sépare
De marcher vers le but que l'amour nous prépare.


## XVI


Ce but trop éclatant pour qu'on puisse le voir
Fuit des sens révoltés le ténébreux miroir.


« Mais, pourquoi, dit l'enfant de l'opiniâtre terre,
« Pourquoi l'amour divin cache-t-il son mystère ? »


Te souvient-il du jour où la folle Psyché
A, sur le sein d'un dieu, consommé son péché ?
Te souvient-il du jour où son impatience
Lui fit de son amant dévoiler la présence ?
Ce lamentable instant est-il si loin de toi,
Et du céleste amant soupçonnes-tu la foi ?
Veux tu donc allumer une lampe parjure,
Pour en porter la flamme au sein de la nature ?
Ne devines-tu pas que sa pâle clarté
Outragerait du dieu la fière majesté,
Et que fuyant alors ta couche misérable
Tu pleurerais sans lui ta faute irréparable ?

Sombre nature humaine ! infidèle au serment !
Quoi ! jusque dans ses bras tu trahis ton amant ?
Tu préfères ta lampe à sa pure auréole,
Et ton œil fait de chair à sa sainte parole ?
Ingrate ! si l'amour de la Divinité
Ne peut te corriger de ton indignité,
Sur quoi donc comptes-tu pour t'élever toi-même
A l'éclatant honneur du divin diadème ?
De quel titre peux-tu te parer devant lui ?
Hier, tu n'étais rien, qu'es-tu donc aujourd'hui ?
Quand la lumière échappe à ton regard débile
Peux-tu t'enorgueillir de ta coupable argile ?
Crois tu que sur un dieu les charmes soient puissants ?
Qu'ils plaisent à son œil ou qu'ils flattent ses sens ?
Et qu'il aime pour lui la méprisable esclave
Qui ne voit même pas le danger qu'elle brave ?

## XVII

Quoi ! son divin regard te cherche tous les jours ;
Quoi ! ce dieu t'a juré d'éternelles amours ;
Sa chaleur te nourrit et sa grâce t'attire,
Il a changé ton âme en frémissante lyre,
Il a doré ton front de son rayon béni,

Et placé dans tes yeux l'éclair de l'infini ;
C'est pour toi qu'il a fait le printemps et l'aurore,
C'est à toi qu'il se livre !... et tu doutes encore ?...


Infidèle Psyché ! devant ta trahison
Tremble ! Si ton amant n'était que la raison,
S'il n'était pas l'amour, dont la grâce infinie
A versé dans ton sein une immortelle vie ;
N'ayant pas su garder ton serment et sa foi,
Psyché, depuis longtemps c'en serait fait de toi !


Mais la raison punit et la grâce pardonne.
Rien ne peut te ravir la céleste couronne
Que son amour promit à ta virginité
Et dont tu ne vois pas la suprême beauté.
La promesse d'un dieu demeure inaltérable,
Le bouclier sacré couvre l'âme coupable,
Afin de soutenir le poids du châtiment,
Et de diminuer la honte et le tourment.
Ah ! que tant de bonté te touche et t'illumine !
Connais à ses rayons l'auréole divine,
Ne demande plus rien à qui t'a tout donné,
Pour que Dieu soit heureux de t'avoir pardonné !

## XVIII

Mais parmi les élus de la voûte immortelle
On ne sent plus le poids de la faute charnelle.
Nous voyons graviter dans l'éternel miroir,
Vers un plus haut destin, un plus noble devoir.
L'hymen, sanctifié par la grâce suprême,
Fait que l'être entrevoit la vérité qu'il aime,
Et son vol s'étendant hors du monde des corps
S'apprête à la servir par de plus hauts efforts.
Car entre l'âme et Dieu la route est infinie,
Puisqu'il faut que le son s'élève à l'harmonie,
Et que le verbe monte à la splendeur sans fin
Sans omettre un degré de l'escalier divin.


Comme on aspire ici d'une ardeur sans égale,
Vers tes hauteurs sans nombre, ô céleste spirale !
L'âme alors se mouvant au gré de ton regard,
Est bien près d'arriver aussitôt qu'elle part.
Sans effort douloureux percevant la lumière
Et comme remontant à sa beauté première,
Tout le bien qu'elle fait la rapproche de toi,
Et rien ne pourrait plus l'arracher à ta loi.

Elle attise le feu des flambeaux d'hyménée
En ramenant vers toi mainte âme détournée
Du droit chemin du ciel et pliant sous l'effort,
Au pilote d'Ulysse elle enseigne le port ;
Son regard inspiré des feux de ta sagesse
De la nature en soi sait vaincre la faiblesse,
Et s'élever vers toi sans descendre jamais,
Tant ton joug est chéri des cœurs que tu soumets !


## XIX


Sans cesser un instant de lutter et de vivre,
Découvrant les trésors que la Bonté lui livre,
L'âme grandit ainsi dans l'immatériel
Sans atteindre jamais les bornes du réel :
Le réel n'ayant rien en soi qui le limite,
Puisque de l'infini l'Éternel est l'orbite.


Comme tout se pénètre au regard éthéré !
Comme tout plonge et fuit dans le démesuré,
Et s'éclaire en montant à ce jour diaphane,
Vers lequel tout gravite, et duquel tout émane !
Comme tout s'élargit sous le divin compas
Dont la courbe nous trompe en ne s'achevant pas !

Qui contiendrait du vrai les sources jaillissantes?
Ne le mesurons pas à nos clartés naissantes,
A peine, en soupçonnant la céleste hauteur,
Notre chiffre borné n'en contient pas l'ampleur;
C'est le nombre divin qui peut seul le traduire :
Nombre, qui, dans le temps, ne pourra pas s'écrire,
Car son chiffre exprimant l'entière vérité
Embrasse l'horizon de notre activité,
Et passant au delà de nos ombres charnelles
Prolonge à l'infini ses courbes éternelles.

## XX

Ah! qu'il est beau de voir sous le compas divin
Les âmes dérouler leurs spirales sans fin !
Qu'il est doux de connaître à ce jour adorable
Que tout est mesuré dans l'incommensurable,
Que d'un essor certain nous tendons jusqu'à lui,
En l'appelant du nom qu'on lui donne aujourd'hui.

Céleste vérité ! de quel nom qu'on te nomme,
Tu n'en restes pas moins inaccessible à l'homme.
Psyché! dans ton sommeil tu tentes vainement
D'enlacer de tes bras le corps de ton amant.

Ce corps mystérieux fuit dans l'éther sublime,
Et ton regard troublé se ferme sur l'abîme.


Dormons! puisque Dieu veut que l'homme dorme encor
A la froide lueur des pâles soleils d'or.
Sur le sein de l'amant dormons avec ivresse!
Prodiguons-lui la foi, notre pure caresse,
Dormons sans rien connaître, et sans rien entrevoir,
Que son mystérieux et céleste pouvoir.


Retire-toi de nous, ombre de Prométhée !
Géant avec lequel pourrait lutter Antée.
L'esprit qui te mesure est rebelle à ta loi
Et la raison divine est plus forte que toi.


Le poëte, pourtant, dont la lyre nous charme,
Sur ton douloureux sort peut verser une larme,
Sachant que dans le ciel qui nous sera donné
La Raison t'a puni, l'Amour t'a pardonné.
Car de la souveraine et céleste puissance
Le don le plus auguste est la sainte clémence.
Huile pure! que Dieu dans l'éther lumineux
Versa sur les verrous de la porte des cieux,
Qui, sans elle, serait inaccessible à l'âme.
Elle brûle, épandant une odorante flamme,

Embaumant l'infini de son sublime encens,
Mais son parfum subtil n'arrive pas aux sens.


Célébrons cependant son pouvoir efficace :
Sa vapeur dans l'éther ne laisse pas de trace,
Et son charme pourtant sûr et mystérieux
Ne peut être égalé sous la voûte des cieux ;
Il n'est rien de si noir que sa blancheur n'efface,
Et sa forme admirable est le sceau de la grâce.


## XXI


Délivrés maintenant d'un horizon étroit,
Voyez comment le Bien naturellement croît
Sur le vrai, dont il est la substance éternelle,
Sans qu'aucun élément lui puisse être rebelle.
Le Mal vous apparaît, comme un rêve, en passant,
Et le bien l'élimine, en se déterminant.
Car le bien, balancé sur les bords de l'abîme,
Suit, sous le doigt de Dieu, la navette sublime,
Qui par un nœud divin, le fixe en chaque point :
Nœud dont l'âme frémit, mais que l'œil ne voit point.

La profondeur étonne un regard sans lumière,
Qui, devant l'infini, se rejette en arrière,
Et craignant de plonger dans une sombre nuit
Se refuse au soutien du bras qui le conduit.
Dans ce cristal si pur que l'éther enveloppe
Voyez comme tout croît et tout se développe
A la pure clarté du lumineux flambeau
Par un mode éternel réalisant le beau !
Voyez comme tout sort de l'univers visible,
Multipliant sans fin les formes du possible
Qui nagent sans effort dans les ondes du vrai.
Car le calcul divin ne connaît pas l'essai ;
Tout étant embrassé dans son ordre invisible
Rien au but souverain ne reste inaccessible.


Tout sert à ce grand but, et flotte sans se voir
Dans le cristal vivant du céleste miroir.
Tout se grave en son lieu pour paraître à son heure,
Ornant comme il convient la splendide demeure.
Chaque trait échappé de l'immortel ciseau
Prolonge à l'infini le lumineux réseau
Dont la création, de tout temps insondable,
Poursuit dans tous ses nœuds le chiffre formidable,
Sans l'atteindre jamais et sans le pénétrer,
Tant il est grand le Dieu que l'on doit adorer !

## XXII

Ne nous arrêtons pas sur cette route auguste,
L'éternel mouvement vit dans l'âme du juste,
Lui qui doit ici-bas s'emplir, ô vérité !
De ta force suprême et de ta volonté ;
Car la volonté vit dans la vérité pure,
Communiquant sa force à toute la nature.


Fiction du repos de l'Être en qui tout vit,
Pars, regagne à jamais les ombres de la nuit.
Plus l'esprit est parfait, moins il est immobile.
Le paisible chaos vit dans l'ombre tranquille,
En attendant que Dieu, d'un choc inattendu,
L'arrache triomphant à l'abîme éperdu.


Mouvement sans repos de la pure lumière,
Nul ne peut mesurer ta céleste carrière,
Ni se peindre l'essor de ta rapidité,
Toi, qui, dans un clin d'œil franchis l'immensité.
Des espaces à nous tu descends invisible,
Et te suivre serait à la foudre impossible,

Car tu n'as qu'à vouloir pour que soit accompli
Le mouvement sans fin dont se meut l'infini,
Mouvement sans pareil que ta pensée égale,
Hors de tes profondeurs, ô voûte sidérale !


Qui voudrait de ton cours peindre la majesté
Devrait se pénétrer de ton immensité,
Et de tout ce qu'on voit dépassant tous les modes
Franchir de tous les temps toutes les périodes.
Notre raison ici se borne à soupçonner,
Sachant bien que du vrai tout la peut étonner,
Et que rien n'égalant ta suprême puissance
Rien ne suivra le trait que ton regard nous lance.
Devant tant de grandeur demeurons confondus.
En élevant vers toi nos désirs éperdus,
N'allons pas oublier la distance infinie
Qui sépare de nous la céleste harmonie
Dont le divin baiser traverse radieux,
Pour échauffer nos cœurs, la profondeur des cieux.


## XXIII


D'un plus ferme regard embrassant toutes choses,
Fuyons le bruit confus de nos apothéoses.

Hors du prestigieux saisissons le réel,
Ne nous arrêtons pas à la voûte du ciel.
Sous ses feux transparents percevons la lumière
Dont l'esprit invisible est la source première,
Voilant de sa raison les desseins tout-puissants
Qui de ces astres font les flambeaux de nos sens.


Elle gît au delà la source inaltérable,
Dans l'immatériel et dans l'impondérable.
Aucun cercle charnel ne la peut embrasser
Et devant son regard tout ne fait que passer.
Tout ne fait que passer sans projeter une ombre.
Son clair miroir, plus pur que le firmament sombre,
De tout ce que l'œil voit ne saurait se troubler.
Son mystère sans Dieu ne se peut révéler.


Mais en lui tout s'explique. On voit en chaque chose
Comment l'effet multiple est sorti de la cause,
Et comment cette cause en l'esprit s'engendrait
Par le souffle fécond dont tout univers naît.
Car tout souffle émané de l'esprit est lumière,
Forme, travail et vie, âme, force première,
Croissant suivant un axe éclos dans la raison,
Dont la grandeur déjà dépasse l'horizon.
Ainsi tout ce qui naît provient de l'harmonie
Par où le nécessaire au possible se lie,

Le nécessaire étant le suprême lien
Qui force le possible à poursuivre le bien ;
Car le possible en soi semble une forme vaine
S'il n'unit les anneaux de la céleste chaîne.
Mais aucun de ses fils ne se peut égarer,
Et la trame est vivante, et se doit admirer,
Car tout étant au but utile et profitable,
Le nécessaire en Dieu se perd dans l'adorable.


XXIV


Erreur ! rentre dans l'ombre et dans la fiction ;
Tu naquis du regard de l'imperfection.
Sous le compas divin l'erreur est impossible
Et meurt sous le regard auquel tout est visible.


Sortons de l'incomplet et du matériel,
Voyons comment le vrai, substance du réel,
Égalant son amour à son intelligence
De la fécondité forme l'unique essence.
Hors du vrai rien n'existe et ne se peut tenter.
Donc l'erreur est stérile et ne peut enfanter,
Puisque ce qui n'est point ne peut pas donner l'être,
Et que l'erreur en Dieu ne se saurait commettre.

Mais notre œil à l'esprit s'ouvre trop faiblement
Pour pénétrer le sol du divin fondement,
Nous en voyons pourtant les assises profondes
Et nous en habitons les entrailles fécondes,
Mais cela n'est pour nous qu'un éblouissement.
Notre regard, sans flamme, éteint du firmament
Pour l'œil de notre esprit la lumière trop vive.
De l'éternel banquet l'homme, aveugle convive,
Le partage, inquiet, sans jamais entrevoir
Du Dieu qui l'apprêta le céleste pouvoir.


Mais qui pourra jamais envisager la face
D'où le vrai resplendit, d'où rayonne la grâce?
Du parfait à ce point qui pourra s'approcher?
Quel esprit s'envolant du terrestre rocher,
Traversant de nos cieux les étroites spirales,
Franchissant d'un seul trait les voûtes sidérales,
A son sublime amour égalant son pouvoir,
O Dieu, pourra monter assez haut pour te voir?


## XXV


Ah! le vol éternel peut seul nous y conduire.
Montons-y donc, Orphée, aux accords de ta lyre,

Montons-y pleins d'ivresse et d'admiration,
Montons-y comme on vole à la perfection !
De nos propres erreurs franchissons les abîmes,
Dépassons des soleils les spirales sublimes,
Limites de nos sens et de notre horizon,
Mais non de notre esprit et de notre raison.


Car notre esprit ouvrant ses ailes généreuses
Dépasse votre essor, ô pâles nébuleuses !
Il n'est pas limité par le firmament bleu,
Mais, sans le mesurer, il s'étend jusqu'à Dieu.
Au delà des rayons d'une courbe tremblante
Il darde de ses feux la gerbe étincelante.


Voyez de son pouvoir grandir la majesté.
Voyez-le, dissipant la froide obscurité,
Se traduire au dehors par la noble parole
Qui, de ce globe obscur est la jeune auréole.
De la création rien n'interrompt le plan,
Rien ne peut arrêter l'irrésistible élan
Par lequel l'Éternel nous pousse à la lumière
Dont il ouvrit pour nous la céleste carrière.
Son immuable amour est l'invisible pont
Sur lequel on franchit l'espace qui confond,
Sans du doute éprouver l'horreur et le vertige.
Puisqu'à notre bien seul cet amour nous oblige,

Suivons sans murmurer son attrayante loi,
A ce fil créateur accordons notre foi ;
Bien qu'il conduise au vrai par l'incompréhensible,
Sans jamais le quitter marchons dans l'invisible.


## XXVI


Marchons dans l'invisible et dans l'illimité,
Puisqu'il faut à ce prix gagner la vérité,
Et qu'on ne peut forcer la nature féconde
A nous découvrir l'Être en détruisant le monde.


Mais l'homme impatient est jaloux de savoir
Tout ce que réfléchit le céleste miroir.
La nature l'étonne en ses métamorphoses,
Son œil rempli d'effets ne peut atteindre aux causes,
Et pour découvrir Dieu, qu'il cherche à chaque pas,
Il sonde l'univers, qui ne le contient pas.


Mais, sans le contenir, l'univers le révèle.
Du regard éternel il n'est que la prunelle ;
Or, percevant déjà l'ordre matériel,
L'homme sent le concours d'un esprit immortel.

Comme il ne peut saisir que l'ordre qu'il embrasse,
Son regard incertain se perd à la surface
De l'ordre illimité dont l'océan sans bords
S'étend bien au delà du domaine des corps.


Bien au delà de tout ce que l'on peut connaître,
Bien au delà de tout ce que notre œil pénètre ;
Au delà de l'éther, au delà du rayon,
Au delà du contour de la création.
Il pénètre au dedans de tout ce qu'on ignore,
Portant dans notre nuit son éclatante aurore,
Dépassant par le vrai toute la fiction,
Multipliant partout sa divine action,
Au gré de l'Éternel engendrant l'harmonie,
Sans s'arrêter jamais dans sa tâche infinie.
Quand tout borne ici-bas notre regard éteint,
Comment saisir celui qu'aucun esprit n'atteint ?
La nature, il est vrai, Protée aux mille formes,
Déroule sous nos yeux mille ébauches informes,
Mais notre esprit, cherchant le souffle créateur,
Dans chaque être le voit dépasser sa hauteur.

## XXVII

Car ce souffle divin contient sa raison d'être.
Raison que notre esprit ne peut pas reconnaître,
Car sa cause liée à l'ordre universel
Dans un effet si simple embrasse l'éternel.
Ne la cherchons donc pas dans la seule nature,
Car la raison de Dieu passe la créature;
Un seul effet connu force à tout pénétrer,
Le vrai ne créant rien sans tout considérer.


Qui donc pourrait te suivre en tes métamorphoses,
Nature, voile épais de la raison des choses?
Protée insaisissable, aux bonds capricieux;
Onde ne révélant que la forme des cieux,
Et découvrant partout des forces ignorées,
Mais sans trahir jamais les causes espérées?
Ton étude sans doute a porté quelques fruits.
Tes amants n'ont compté ni leurs jours ni leurs nuits;
Toujours penchés sur toi pour épier ta course,
Ils ont bu quelquefois de l'onde de ta source.
Nous les vîmes alors, toujours plus altérés,

Étendre vainement leurs bras désespérés
Pour saisir dans ton sein la fugitive image
Que tu réfléchissais de l'immortel ouvrage.
Mais le visage, hélas! est bien loin du miroir,
Où l'esprit inquiet se penche pour le voir.
Trompé par les retours soudains de la lumière,
Il perçoit devant lui ce qui flotte en arrière,
Et s'égare toujours plus avant dans la nuit
Sans atteindre l'objet que son rêve poursuit.
Impénétrable objet! si digne qu'on l'admire,
Qui toujours nous évite, et toujours nous attire,
Que notre âme entrevoit sur ses plus hauts sommets
Se révélant parfois, ne se montrant jamais.


XXVIII


Non, ce n'est pas ainsi qu'il faut qu'on l'envisage.
Repoussons le miroir, et cherchons le visage ;
Seul, le visage est vrai puisqu'il est le réel.
La nature n'est rien que le masque charnel
Dont les plis ondoyants enveloppent la cause.
Ce masque, trop subtil, nous trompe en chaque chose,
Ne montrant rien qu'aux sens, cachant tout à l'esprit ;
Il n'est pas le flambeau dont la flamme nourrit,

Et nous devons de Dieu même chercher l'essence,
Le vrai nourrit l'esprit, dont il est la substance.


Nourris nous donc, ô vrai, de ton pur élément !
Psyché ne veut s'unir qu'au corps de son amant,
On ne l'abuse pas par de vaines images,
Son âme avec chaleur repousse ces outrages.
Ce n'est point la statue au marbre inanimé
Dont le souvenir vit dans son regard charmé ;
Ce n'est pas l'eau qui coule et le zéphyr fluide
Dont le souffle en passant baise sa lèvre avide ;
Ce n'est pas la rougeur des couchants lumineux,
La fraîcheur de l'aurore ou la pourpre des cieux,
Ni le chant des oiseaux, ni le parfum des roses ;
Elle brave Protée et ses métamorphoses ;
Qu'est pour elle l'image, et la forme, et l'odeur ?
Le fruit mortel n'a pas d'immortelle saveur,
Le soleil n'est pas l'œil qui lui lance la flamme,
Et la nature entière est moindre que son âme…
C'est son dieu qu'elle veut, le seul dieu, le premier
Et le plus beau de tous, c'est l'amour tout entier !


Elle veut s'enlacer à la cause première,
Et baigner tous ses sens dans sa vive lumière,
Elle veut s'enivrer du parfum idéal
Qui s'échappe du front de ce dieu sans égal,

Elle aspire sans fin à sa pure substance,
Et veut se pénétrer de sa sublime essence,
Sans voiles, contempler sa sainte nudité,
Pour s'unir à jamais à sa divinité !


## XXIX


Chaque effet engendré par la cause éternelle
Doit donc, à l'infini, se confondre avec elle,
Franchissant tous les nœuds de la modalité,
La reproduire un jour dans son intégrité.
L'esprit hors de l'esprit ne connaît pas de père,
Et le rayon n'est rien, sinon de la lumière.


Ainsi, chaque calcul divin, exempt d'erreur,
Ne peut rien embrasser que sa propre grandeur.
Hors de cette grandeur il n'est rien qui subsiste,
Donc il embrasse tout puisque lui seul existe,
Et créer le parfait est la condition
Qui, sans cesse, s'impose à la perfection.
Car la perfection, étant libre elle même,
Ne choisira jamais rien hors de ce qu'elle aime,
Et ne pouvant trouver de beau que le parfait,
Le reproduire en tout sera son seul effet.

Choisir mal, quand on peut bien choisir, est possible
A l'esprit pour lequel l'ordre n'est pas visible,
Qui, ne découvrant point le vice de son choix,
Gémit en le voyant pour la première fois.
De sa fâcheuse erreur il porte alors la peine.
Mais ainsi n'agit point la raison souveraine !
Chacun de ses regards perçoit l'ordre infini,
Rien n'en peut être absent, et rien n'en est banni ;
Dépassant l'horizon de chaque créature,
Dans la suite des temps son verbe le mesure,
Déterminant partout dans son cours éternel
Les modes enfantés dans le sein du réel,
Afin de reproduire, au terme de l'ouvrage,
Du parfait qu'il conçoit la plus parfaite image.


## XXX


Du verbe créateur le souffle caressant
Pénètre l'univers en le rajeunissant.
Sans sa vie éternelle et sa force féconde,
Depuis longtemps déjà c'en serait fait du monde.
Le germe non nourri se serait épuisé,
Et du pur firmament l'axe serait brisé.
Fuyons ces visions des froides catacombes,

Ces lourds spectres sortis des cryptes et des tombes.
Cette ombre de néant que sur le sol traça
Le souvenir confus de tout ce qui passa.
Bienheureux ce qui passe, et ce qui vient d'éclore !
Bienheureux le couchant d'où sortira l'aurore !
En dehors de la vie il n'est rien de réel,
Et tout vit au dedans de l'immatériel !


L'être que développe et le temps et le nombre
Franchit, sans s'y heurter, les limites de l'ombre ;
Invisible, il parcourt pendant l'éternité
Les anneaux infinis de la modalité.
Seul, il pénètre tout sans que rien le pénètre,
Et de ce qu'il connaît, rien ne peut le connaître.
Le mystère ici-bas par lui fut apporté,
Mystère qui contient toute la vérité ;
Hors de lui rien n'est vrai, hors de lui rien n'existe,
De son souffle fécond la nature subsiste
Pour mesurer à tous ce qu'il faut d'horizon,
Et faire à pas comptés s'accroître la raison.


Car l'être pour l'esprit est la fleur immortelle
Qu'il orne chaque jour d'une grâce nouvelle,
Qui nage dans le sein de sa fécondité,
A laquelle il mesure avec soin la clarté
Du jour, dont nul ne peut soutenir la lumière,

La fleur qui, des soleils dépassant la carrière,
Ne s'entr'ouvrant qu'au vrai, toujours s'épanouit,
La fleur en qui tout pense, et celle en qui tout vit !


## XXXI


Qui nous peindra jamais, père de la nature,
Ton amour infini pour chaque créature ?
La grandeur de tes plans surpasse notre esprit,
Et tu n'as pas voulu que l'homme te comprît.
Mais ta perfection, malgré toi, se révèle,
Parlant à l'âme afin de la rendre plus belle,
De resserrer en toi son suprême lien,
Mystérieux pouvoir d'un céleste entretien.
Des bruits de l'univers qui frappent notre oreille
Ce souffle créateur dépasse la merveille ;
Révélateur du beau par l'esprit aperçu,
Il enivre d'amour le sein qui l'a conçu ;
De la création portant en lui le germe,
Il le fait croître en toi sans limite et sans terme.


Sur un degré plus haut qui n'aspire à monter ?
Au-dessous du meilleur qui voudrait s'arrêter ?

Qui préfère ignorer lorsqu'il peut tout connaître ?
Quel esprit n'est jaloux de s'égaler au maître ?
Or le maître est celui dont le verbe puissant
Renferme tout le vrai, son éternel présent.
Mais rien ne passe en Dieu de ce qui passe en l'être :
Passer, c'est ignorer ; demeurer, c'est connaître.
Si l'homme saisissait cet immortel lien,
Il verrait que tout mode est la forme d'un bien
Qui, caché pour nos yeux, en Dieu se réalise,
Préparant du créé la constante surprise ;
Car Dieu surprend l'esprit en lui montrant le vrai,
Dont son faible calcul n'atteignait que l'essai :
Calcul trop limité par les ombres charnelles
Pour embrasser le cours des causes éternelles.


## XXXII


Au seul amour du juste empruntant tout notre art,
Sous ton masque, Protée, atteignons ton regard.
Ne crois pas que du ciel le fidèle interprète
S'asservisse jamais aux formes qu'on te prête.
Suivant tes mouvements d'un regard assuré,
A tous les changements son esprit préparé
Ne s'étonnera pas de tes métamorphoses,

Car son œil a plongé dans la raison des choses.
Reconnaissant le Dieu dont tout subit la loi,
Cesse enfin de lutter contre plus fort que toi ;
Sachant que tu ne peux échapper au poëte,
Dissimule à tes yeux ta honteuse défaite.
Dis toi qu'il a menti, que tu n'es pas vaincu.
Montre qu'à ton pouvoir l'orgueil a survécu ;
Sous son voile emprunté dissimule ta face,
Et du combat livré cours effacer la trace.
La raison nous soustrait à tes emportements,
Et nous ne craignons rien de tes enlacements.
Dans l'éternel miroir nous te voyons débattre,
Persuadant le ciel que rien ne peut t'abattre.
Qui n'admirerait pas de ton habileté
La souplesse infinie et la dextérité ?
De ton art merveilleux l'astuce est sans rivale,
Et l'on sait qu'ici bas il n'est rien qui l'égale.
Mais l'esprit, se jouant de tous tes vains efforts,
Voit hors de toi le Dieu qui fait mouvoir ton corps.

## XXXIII

Car le verbe n'est point la forme qu'il anime ;
Le verbe au sein de Dieu prend sa source sublime,

Cette source est le vrai, hors duquel il n'est rien.
Le vrai qui porte en soi la semence du bien,
Plongeant dans l'infini les racines de l'être,
Qui devra tout aimer, comme il doit tout connaître.


Le vrai n'a point d'abord conscience de soi,
De sa propre nature il ignore la loi ;
De l'invisible esprit n'étant que la substance,
Il doit pour l'égaler en atteindre l'essence.
Or la création est l'acte par lequel
La conscience étant accordée au réel,
De l'être pur, le vrai s'élève à l'existence,
Dans sa réalité puisant sa connaissance.
La substance du vrai nourrit le pur esprit,
Et tout naît de l'amour divin qui les unit.
Cet amour est partout la source de la vie ;
L'espace pénétré de sa grâce infinie
S'ouvre partout à l'être, et s'élance à l'esprit.
Par lui, de tous les temps la création vit ;
A l'essence céleste égalant la substance,
Il crée, en répandant partout la connaissance.
Mais l'union en Dieu de la double unité
De la création est l'acte illimité,
Acte qui ne pouvant épuiser la substance,
Ne peut qu'à l'infini l'égaler à l'essence.
Donc le cercle de l'être est le cercle éternel,
Que n'ouvre aucune aurore et ne ferme aucun ciel,

C'est le cercle vivant dont l'orbite infinie
Embrasse tous les temps de l'immuable vie ;
Portant tout à l'esprit, portant l'esprit à tout,
Sans pouvoir se lasser de rayonner partout.
Rien n'est hors de l'esprit qui ne soit sa substance,
Mais l'esprit a de tout la pleine connaissance,
Et chaque point du vrai s'éclairant à son tour
Se sent porté vers lui par le céleste amour.

## XXXIV

Voilà le feu sacré qui, pénétrant l'espace,
Prolonge à l'infini le cercle qu'il embrasse,
Unissant le parfait à la perfection,
Multipliant l'essor de la création ;
Communiquant sa flamme à tout ce qui respire,
Pour l'élever au Dieu vers lequel tout aspire.
Le vrai qui s'entrevoit veut atteindre à l'esprit,
Et l'esprit pur du vrai sans cesse se nourrit.
D'un désir éternel emportés l'un vers l'autre,
Le feu qui les unit est la source du nôtre ;
C'est le flambeau divin où brille la clarté
Du beau, dont l'amour seul féconde la beauté ;
Flambeau dont le rayon est la source de l'être,

Dont le pouvoir fécond ne se peut méconnaître ;
L'hymen consacre en toi son gage bien aimé,
Hors de toi rien ne vit, et tout est animé !
A ta seule grandeur l'infini se mesure,
Et ton œuvre est d'avoir enfanté la nature,
En te réfléchissant sur le divin miroir
Où notre œil ne voit point le jour qui le fait voir.


Qui donc a pu penser que ta source céleste,
Dont la fécondité par l'univers s'atteste,
Pouvait tarir ainsi qu'un fleuve desséché
Et refuser son onde à la soif de Psyché ?
L'homme peut-il porter aussi loin le blasphème
Sans offenser ta grâce et s'offenser lui même ?
N'est il pas né de toi, n'est-il pas né pour toi ?
A qui, mieux qu'à l'amour, peut-il donner sa foi ?
Ah ! ce secret désir qui le porte à connaître,
Cette soif de son Dieu, c'est toi qui l'as fait naître,
Et ces divins désirs, de ta flamme animés,
Ne s'éteignent jamais quand ils sont allumés !


## XXXV


Le moi créé cherchant toujours à se connaître
Déroule à l'infini tous les modes de l'être.

Ce moi vit dans le vrai, la substance de Dieu,
Pénétré de sa force, animé de son feu.
Tout change hors de lui, l'agrandissant lui-même,
Jusqu'à ce qu'il atteigne à l'essence suprême,
Et rien ne change en lui que la grandeur du moi
Que mesure à chaque heure une invisible loi ;
Loi que sa vérité seule rend immuable,
De raison infinie et d'amour ineffable.
Esprit, sens donc grandir ton étroit horizon,
Voyant qu'en Dieu l'amour égale la raison,
Et que l'acte infini, par lequel tout s'engendre,
De leur chaste union a toujours dû dépendre.
Mystérieux pouvoir d'un acte illimité
Par sa perfection même nécessité,
Hors de toi rien n'existe et rien ne saurait vivre.
C'est toi qui, de la vie embrassant tout le livre,
De degrés en degrés nous élève à l'esprit,
En nous montrant le vrai, dans tout ce livre, écrit
Par le verbe éternel dont il est la substance ;
Portant de ciel en ciel la sainte connaissance,
Sans modifier l'être agrandissant le moi,
Puisque l'être est le vrai que rien ne change en soi.
L'esprit, source du moi, te fit donc en nous naître,
Faculté qu'a le vrai de se pouvoir connaître,
Conscience qui vis dans l'immatériel,
Il te fit naître en nous de son souffle réel,
Afin de t'élever à la beauté suprême
D'où vient tout ce qui charme, et tout ce que l'on aime !

## XXXVI

Du moi qui croît vers Dieu la nature est le mode.
Dans le temps éternel ouvrant la période,
Fermant ses bras divins sur l'être illimité,
Elle enfante la forme où croîtra la beauté.
Mais ce mode inconnu qui vers Dieu nous entraîne,
De l'ordre qu'il révèle est un pur phénomène,
Son apparence flotte et change à chaque pas
Sous la variation du tout-puissant compas,
Qui, mesurant du moi la figure et la place,
Élargit constamment le cercle qu'il embrasse.
Devant le pur esprit d'où toute clarté sort,
Sur l'échelle du temps l'être n'est qu'un rapport :
Rapport utile au tout comme il l'est à lui-même,
De la création contenant le problème,
Et le temps par l'effet d'une invisible loi
Fait croître en l'élevant la raison de son moi.
Car chaque effort de l'être accroissant sa nature
De ce rapport vivant augmente la mesure,
Étend son action, que le tout réfléchit,
Et par ce double effet sans cesse l'agrandit.
Ainsi que dans le vrai, le moi vit dans le nombre,
Dans le bien, dans le beau, dont le jour encor sombre

A peine lui permet d'entrevoir la clarté
Que projette vers lui l'auguste vérité.
Il ne sait pas encor que son propre problème
Est d'atteindre au rayon de la beauté suprême,
Au lumineux rapport qui contient tout en soi,
Et le peut réfléchir dans le miroir du moi.
A son regard troublé par l'apparence vaine
Échappent les anneaux de l'invisible chaîne,
D'un esprit sans clarté l'erreur est l'attribut,
Il se prend pour le centre et ne voit pas le but ;
Sans pouvoir mesurer la distance franchie,
Il se croit le sommet de toute hiérarchie.
La grandeur de son moi l'étonne et le surprend ;
Qui, devant l'infini, pourrait se croire grand ?
Qui, dans l'illusion de la faiblesse humaine,
Se pourrait comparer la beauté souveraine ?

## XXXVII

La grandeur du rapport mesure la raison
De chaque être, et sur lui ferme son horizon.
C'est là qu'il faut qu'il croisse et qu'il se multiplie,
Et qu'à l'effort commun son propre effort s'allie ;
Car les rapports vivants ne sont point séparés,

Et leurs divers effets vont aux buts préparés
Par l'amour merveilleux de l'essence infinie
Qui les embrasse tous dans sa multiple vie.
De tendre l'un vers l'autre ils ne se lassent point,
L'infini les sépare et l'infini les joint ;
Étant de leurs efforts la constante limite
Sans cesse à l'égaler son amour les invite.
Le vrai tente l'esprit, l'esprit tente le vrai ;
Leur union toujours agrandit son essai,
Et d'un pas mesuré marchant vers sa limite,
S'accroît en décrivant son immortelle orbite.
La nature est le joug qu'à l'être impose Dieu ;
Mesuré par le temps, l'espace en est le lieu.
Vers le mode éternel gravitant sans relâche,
Ce joug mystérieux remplit sa propre tâche.
Il exprime pour Dieu la forme du rapport
Où le moi pour grandir dépense son effort.
Car le regard d'où sort la céleste lumière,
Aussi bien que le mal, ignore la matière.
Sa substance est le vrai, qui n'a rien de charnel,
Son essence l'esprit, pour qui tout est réel ;
Mais il voit de nos sens la fugitive image,
Comme un rapport utile au terme de l'ouvrage,
Rapport juste à ce point que la perfection
L'a compris dans le plan de sa création.

## XXXVIII

Qui ne sent vivre en soi l'universel poëme
Où l'esprit créateur s'unissant à lui-même,
Par un calcul certain dont toute erreur a fui,
Donnant la vie à l'être, attire l'être à lui ?
Car l'union, pour Dieu, c'est le calcul suprême
Par lequel son esprit, embrassant ce qu'il aime,
S'unit infiniment au vrai qu'il a conçu
Dans l'acte illimité, dont tout rapport issu
Prolonge, hors du temps, la série éternelle
Dont le moi sent l'anneau sous sa forme charnelle.


Entoure cet anneau d'un amour sans égal,
Psyché ! car c'est l'anneau de ton lit nuptial.
Le gage que l'amour, dans sa plus douce ivresse
Pour un temps limité donne de sa tendresse.
Tu sentiras bientôt le souffle caressant
Du Dieu te revêtir d'un plus noble présent,
Incomparable don que sa grâce dispense,
De ta fidélité sublime récompense.
Alors, d'un jour plus pur, ton regard éclairé
Cherchera de l'amant le visage adoré,

Partageant avec lui la couche de lumière,
Tu ne rougiras plus de ta faute première.
Les sens ayant sur toi perdu tout leur pouvoir,
En t'unissant à lui tu pourras l'entrevoir.
La beauté de l'hymen naît de celle de l'âme :
Dans un commun désir confondant votre flamme,
Vos efforts réunis pour enfanter le beau
Auront l'éclat du vrai pour unique flambeau ;
Délivrée à jamais de l'ombre où l'homme rampe,
Tu fuiras les lueurs de sa terrestre lampe.


## XXXIX


Rien dans l'être ne meurt que l'imperfection ;
L'y détruire est le but de la création.
Sur tous les points du vrai la lutte est engagée.
La substance, en esprit devant être changée,
Sent le moi triomphant la pénétrer partout.
La nécessité ferme, inflexible, est debout,
Courbant tout ce qui vit sous son pouvoir étrange,
Mais son glaive invincible est un glaive d'archange.
L'amour guide le bras de l'esprit qui le tient,
Et l'âme tremble au choc du bonheur qui lui vient.
Au souffle de l'esprit dont le pouvoir l'étonne,

Le moi, reconnaissant sa faiblesse, frissonne :
Ignorant les moyens qui le mènent au but,
A sa propre grandeur il doit payer tribut.
Car devant le regard que fuit toute limite,
L'être ne s'agrandit qu'autant qu'il le mérite ;
L'esprit étant un bien, il faut pour l'obtenir
Sans se plaindre, savoir et lutter et souffrir :
La grandeur, de l'effort étant la récompense,
Et la lutte, la loi même de la croissance.
Sachons saisir du vrai le pur rayonnement ;
Atteindre l'infini, c'est croître infiniment.
C'est lutter sans relâche et vaincre sans mesure,
C'est dérouler en soi les plans de la nature ;
C'est s'arracher à l'ombre, à l'erreur, à la nuit,
Pour marcher vers le but que l'essence poursuit,
De tout honteux retour se fermer la carrière
Et voler sans effroi vers la pure lumière ;
Le doute est pour l'esprit l'ombre qui le retient,
Et dans l'intimité de l'erreur l'entretient.

XL

Tout doit lutter aussi dans l'essence infinie,
Mais la lutte pour elle est la sainte harmonie,

7

Le suave baiser de l'hymen merveilleux
Dont le germe fécond a peuplé tous les cieux.
C'est l'accord infini de tout ce qui doit être,
C'est l'ordre illimité que la raison pénètre,
C'est l'amour allumant son magique flambeau
A la clarté du vrai, pour embrasser le beau.


Aux multiples rayons de la clarté sereine,
On compte les anneaux de la céleste chaîne,
On voit les moi rangés dans un ordre infini
Marcher à pas comptés vers le terme béni,
Sans que rien les dérange ou que rien les altère ;
On les voit graviter vers la chaste lumière,
Changeant de mode au gré du souffle créateur,
Sans rien modifier que leur propre grandeur.
Le mode obéissant se plie et se transforme,
Au gré de son rapport il sait changer sa forme ;
Protée intelligent, ses caprices soudains
Ne traduisent jamais que des ordres divins.
L'intelligence, à Dieu, rend l'erreur impossible,
Nul fil n'est égaré sur la trame invisible,
Et les moi, réunis par des rapports secrets,
Accomplissent en lui d'immuables décrets.
La liberté de l'être à l'ordre se mesure,
Et rien ne peut troubler les plans de la nature,
Tout étant calculé, comme tout est prévu,
Du céleste regard rien ne reste inconnu.

Rien ne peut échapper au jour incomparable,
Que répand en tous lieux son amour ineffable,
Et les plans les plus noirs qu'ourdit la trahison
Ne sauraient déjouer sa suprême raison.


## XLI


Quand du livre céleste admirant les images,
Sans en saisir le sens, nous parcourons les pages,
La lettre nous absorbe, et l'erreur nous punit
De n'en pas mieux savoir interpréter l'esprit.
Car cet esprit n'est point la cause passagère,
Dont on recherche en vain la loi dans la matière;
Le sens de ce qu'on voit est le but éternel
Vers lequel tout gravite et lutte dans le ciel.
La matière n'étant qu'un rapport efficace
Par lequel l'ordre agit sur les sens qu'il embrasse,
Distribuant à tous ce qu'il faut de clarté
Pour élargir du moi le cercle illimité;
Ce rapport, variant avec le moi lui-même,
Mesure exactement l'imperfection même,
Et de nous mieux connaître offre un fécond sujet.
Où Dieu voit un rapport, nous voyons un objet.
La raison en conclut qu'un intervalle immense,

La sépare aujourd'hui de la divine essence.
De l'objet qu'il saisit ignorant la raison,
De suite notre esprit touche à son horizon
Et fait de vains efforts pour pénétrer la cause
Qui dans un rapport clair et sublime repose.
Devant le pur regard pour qui tout est réel,
Nos sens sont un rapport qui n'a rien de charnel,
Qui sans cesse varie et change de mesure,
En découvrant au moi les plans de la nature,
En montrant à l'esprit dont l'œil n'est point troublé,
Qu'il n'est aucun effet qui ne soit calculé,
Et qu'éternellement, sans causer de désordre,
L'âme lutte et grandit sous le compas de l'ordre !


## XLII


L'Être déterminé par la grandeur du moi
S'accroît sous le ciseau d'une inflexible loi,
Dont les coups répétés éveillant la souffrance,
Sur tous les points du moi portent la connaissance.
La nature imposant à tout être l'effort
Lui fournit les moyens d'accroître son rapport.
Partout environné d'une âpre résistance,
Le moi vivant subit la loi de sa croissance.

Le désir est en lui la source de douleur
Que féconde l'esprit d'où sort toute grandeur.
Tantale vit au fond de l'âme de chaque être
Pour le mieux pénétrer de la soif de connaître,
Et le guider toujours vers le terme béni
Qui devant ses efforts doit fuir à l'infini.
Les degrés parcourus par l'âme disparaissent,
Et toutes les hauteurs sous sa hauteur s'abaissent,
Tout s'éclaire aux rayons de son sublime feu,
Mais ce n'est point assez : il faut atteindre à Dieu !


Ah ! de tout ce qui vit immortelle angoisse !
Faut-il avec l'amour que le désir s'accroisse ?
Faut-il de tes desseins mesurant la grandeur
Sentir croître sa joie autant que sa douleur ?
Mais ta création n'est point un vain caprice,
Tout ce qui souffre en nous prolonge ton supplice,
Et ce mal apparent qui nous suit sans retour
N'est rien que le tourment de ton céleste amour !
L'âme se sent frémir sous le poids qui l'accable,
Mais le mal que tu veux est un mal adorable,
Par sa perfection même nécessité.
C'est le rayonnement divin de la beauté
Qui de nos yeux troublés fait disparaître l'ombre ;
Jour qu'on voit à regret remplacer la nuit sombre,
Tant l'âme habituée au cachot ténébreux,
A de goût pour la terre, et d'horreur pour les cieux !

## XLIII

Si le regard du moi percevant sa limite
Embrassait tous les points de l'éternelle orbite,
Développant le vrai, son unique élément,
Il se verrait en Dieu croître indéfiniment.
Sous ses modes divers il pourrait reconnaître
Comment de ce qu'il fût naîtra ce qu'il doit être,
Et comment son rapport toujours modifié
Par des nœuds infinis à Dieu même est lié.
Il se verrait, sortant de la pure substance,
De degrés en degrés s'élevant à l'essence,
Pendant qu'agit en lui sans obstacle et sans fin
Le merveilleux pouvoir du principe divin.
Voyant qu'au même but tout se lie et s'enchaîne,
De l'adorable hymen il saisirait la chaîne,
Il comprendrait que rien ne peut sur ses autels
Séparer ou briser ses anneaux immortels.
Il saurait que du temps la sage période
Détermine partout la figure du mode,
En règle la durée, en transforme les nœuds,
Et sait à l'œil du moi découvrir d'autres cieux.
Devant tant de grandeur sa raison en extase,

Pénétrerait le sens de la sublime phrase
De la création, dont le céleste but
Est au sujet divin d'égaler l'attribut.
L'esprit charmé, s'ouvrant à l'essence infinie,
Lirait dans son amour les modes de sa vie,
Termes consécutifs d'une progression
Dont la raison le mène à la perfection.
Perçant de ses erreurs les ténèbres dissoutes,
Son œil verrait flotter les vapeurs de ses doutes
Comme un brouillard léger qu'aux rayons d'un beau jour
Le pur soleil du vrai dissipe sans retour.


## XLIV


Craintes, dissipez-vous! dissolvez-vous, ténèbres!
Laissez-nous triompher de vos voiles funèbres.
Bientôt l'amour vainqueur va sur notre berceau
De l'espace et du temps lever l'épais rideau.
L'Arche de l'Éternel nous porte à d'autres rives...
Que serez-vous pour nous, étoiles fugitives?
Diamants enchâssés dans le céleste azur,
Que serez-vous pour l'œil épris d'un jour plus pur?


Des rapports passagers dont nous verrons le terme;
Des épis dont l'amour a transformé le germe

En un calice peint des plus vives couleurs
Dont l'immortel avril pare ses douces fleurs ;
Ornements d'un Éden dont la magnificence
Montre qu'à la beauté s'égale la puissance,
Et dont le noble éclat dans des siècles entiers
Peut éclairer des cieux les sublimes sentiers.
L'œil ne sentira plus vos rayons de lumière
Soulever doucement sa tremblante paupière ;
Dans les champs de l'azur où tout s'épanouit
Vos admirables fleurs auront porté leur fruit.
Des générations par vos feux captivées
A de plus hauts destins se seront élevées :
Votre encens lumineux ne répand pas en vain
Son parfum épuré dans un creuset divin :
Il a pour mission d'accroître tous les êtres,
De féconder le sol qui nourrit les ancêtres ;
D'élever tout à Dieu par un feu si subtil
Qu'il remplit tous nos sens de l'horreur de l'exil
Où la substance vit loin de la pure essence,
Ignorant jusqu'aux lois de sa propre existence.
Vos célestes rayons éveillent les désirs ;
Vous êtes les témoins des plus nobles soupirs,
Les confidents muets des tristesses de l'âme.
Dieu fit naître de vous l'amour qui nous enflamme,
Mais comme tous vos feux dans son regard ont lui,
Ce qui descend de vous doit remonter à lui.

## XLV

Car pour le Dieu vivant d'où naissent toutes choses,
L'éternité riante est la saison des roses.
Les ondes d'un amour qui jamais ne tarit
Fécondant tous les points de son céleste esprit,
L'œuvre qu'il entreprend n'est jamais achevée,
Et sans cesse grandit, de lumière abreuvée.
Un désir renaissant élève l'être à lui.
Sans compter les printemps dont les zéphirs ont fui,
Sans compter les hivers dont les neiges fécondes
Ont fait, en s'écoulant, blanchir les têtes blondes,
Sans compter les douleurs et les plaisirs passés,
Les efforts accomplis, les travaux commencés,
Tout ce qui mesura sa grandeur passagère,
L'infatigable moi monte vers la lumière.
Qu'importe ce qui fut devant ce qui sera?
Qu'importe le cachet dont le sceau se rompra?
L'être n'a conservé de ses heures passées
Qu'un souvenir confus des erreurs effacées,
Un jour plus pénétrant rend l'horizon plus pur,
Son essor moins borné s'élève vers l'azur ;
De chaque pas qu'il fait voyant grandir la trace,
Il mesure du temps l'action efficace,

Et du ciseau céleste admirant le pouvoir,
Son œil reste fixé sur le divin miroir.


## XLVI


Il se voit aux clartés de ce miroir magique
Grandir pour s'égaler à la grandeur unique,
Franchissant les degrés de la création
Pour s'approcher toujours de la perfection.
Une force invisible accélère la course
De l'âme qui voudrait remonter vers sa source ;
Le flux continuel des ondes de l'amour
Ferme à l'être inquiet tout espoir de retour.
Il doit de la promesse accomplir le prodige,
De l'infini muet surmonter le vertige,
Croître sur tous les points, vaincre dans tous les lieux,
Franchir sans s'y heurter les limites des cieux,
Et prolongeant au loin le sillon qui s'efface,
Marcher avec le temps, grandir avec l'espace.


Rien ne peut de l'amour restreindre l'action,
Rien ne peut reculer dans la création.

A tout ce qui veut fuir la sublime carrière
La nécessité ferme oppose une barrière ;
Le moi résiste en vain au bien qui le poursuit,
C'est pour l'éternité qu'il s'arrache à la nuit,
C'est pour l'éternité qu'il monte à la lumière,
En supportant le poids d'une erreur passagère.
Les jours, les mois, les ans s'écoulent sans retour
Mais rien ne peut tarir les ondes de l'amour.
Le flux prodigieux de la céleste vie
Dans l'infini des temps croît et se multiplie ;
L'être s'attache en vain aux murs de son cachot,
Il sent grandir sous lui la profondeur du flot,
Et bientôt échappant aux terreurs d'un vain rêve
Voit que ce flot vers Dieu l'emporte et le soulève.


## XLVII


La lente ascension des êtres vers le jour
S'opère sans lasser l'infatigable amour,
Son merveilleux pouvoir dont notre âme s'étonne
Est si parfait en Dieu qu'il reçoit ce qu'il donne,
Et la perfection d'un esprit accompli
Prête à tout ce qu'il fait un mérite infini.
Voilà pourquoi son œuvre, à sa limite extrême,

Devra nous apparaître identique à lui-même ;
Elle le fut toujours, en tous les temps du moi,
Mais un être imparfait n'en saisit point la loi,
De l'anneau qu'il mesure il ignore la chaîne,
Et son obscurité dans le doute l'entraîne.
Il ne voit pas, trompé par un confus milieu,
Que l'espace et le temps sont des fonctions de Dieu
Où tout se développe au gré de sa justice,
De l'ordre des rapports seule dispensatrice,
Parce que son regard, d'elle-même rempli,
Sur tous les points du vrai découvrant l'infini,
Et de tout ce qui fut embrassant la carrière,
De tout ce qui sera projette la lumière.
La substance du vrai ne pouvant s'épuiser,
Le feu qui s'en nourrit devra tout embraser.
Aussi la vérité, sa flamme inextinguible,
S'étend sur tous les points de l'espace invisible,
Sous des formes sans nombre elle éclaire les cieux.
Comme elle échappe aux sens, elle éblouit les yeux ;
Notre raison pour elle est une nébuleuse,
Qui suit avec effort sa trace lumineuse,
Et n'en discerne encor que le vague contour ;
Tant l'homme est loin de Dieu ! tant l'œil est loin du jour !

## XLVIII

L'œuvre immense pourtant se poursuit sans relâche,
Dieu devant s'égaler la grandeur de sa tâche,
Il n'est aucun détail qui n'en soit infini
Et ne se lie au tout par un mode accompli.
De l'imperfection le choix est la limite,
De la raison de l'être il montre le mérite,
Qui s'efface aussitôt qu'on découvre le mieux,
Pendant que son erreur paraît à tous les yeux.
Il n'en est point ainsi de l'essence infinie,
Pour qui le nécessaire est la pure harmonie,
Reproduisant de Dieu toute la majesté,
Comme l'expression d'un ordre illimité.
La raison qui rendit le parfait nécessaire
N'encourut point du choix l'erreur involontaire;
Au-dessous du parfait Dieu n'eût pu s'arrêter,
Au-dessus du parfait Dieu n'aurait pu monter,
Car la perfection est sa propre limite,
Infinie en grandeur aussi bien qu'en mérite.
Il faudrait pour pouvoir en rendre la beauté,
De rapports infinis saisir la vérité,
Embrasser ce qui fut et tout ce qui doit être,

En découvrant le vrai, soi-même se connaître.
Nul esprit hors du vrai ne saurait subsister,
Mais pour le découvrir il faut le mériter,
Il faut l'aimer autant que lui-même nous aime,
Et se chercher en lui pour se trouver soi même.


## XLIX


L'homme qui de l'esprit cherche à faire l'essai
Ne doit donc s'appliquer qu'à découvrir le vrai,
Qu'à pratiquer le bien, dont la source infinie
Ne saurait se trouver qu'en la pure harmonie,
Où l'accord éternel est la loi de l'hymen
Qui tente les efforts de l'idéal humain.
Puisqu'à le surpasser rien ne pourrait prétendre,
C'est à s'en rapprocher qu'ici-bas tout doit tendre ;
L'être pour s'élever dans la création
Doit franchir les degrés de l'imperfection.
L'erreur est à l'esprit ce qu'est la haine à l'âme
Et la douleur au corps. Dans l'invisible trame
Ces trois fils sont liés par un nœud mutuel ;
En rompre le faisceau, c'est atteindre le ciel.
Hors de cette loi sainte il n'est rien qui subsiste ;
C'est pour saisir le vrai que tout esprit existe,

C'est pour aimer le bien que l'être est animé,
Et pour vaincre le mal que le corps est formé.
Puisque ainsi l'a voulu la raison souveraine,
Elle a tout ordonné dans son vaste domaine
Pour tendre vers le but qu'aux œuvres de ses mains
Fixèrent à jamais de sublimes desseins.
Hors de là tout est ombre, erreur, faute, mensonge.
L'esprit qui sort du vrai ne perçoit que le songe ;
L'âme, hors de l'amour, aspire à l'infernal,
Et le corps, hors du bien, n'accomplit que le mal.
L'être triple égaré dans sa triple carrière
Peut s'il recherche l'ombre éviter la lumière ;
Sa propre liberté dans l'ordre lui permet
De se soustraire au bien que le vrai lui promet.
Méconnaissant le but vers lequel il doit tendre,
Dans son iniquité son châtiment s'engendre.
C'est le fruit naturel que le faux porte en soi,
Fruit qui mûrit au gré d'une invisible loi,
Afin que le méchant, dans sa saveur amère,
Ressente les effets d'une erreur volontaire,
Et puisse remonter par l'expiation
Au rang qu'il occupait dans la création.

L

L'homme seul ici-bas peut monter ou descendre,
Car à lui seul la voix de Dieu se fait entendre.
Comme il est assez grand pour percevoir le vrai,
Il doit être assez fort pour en tenter l'essai.
Faire l'essai du vrai, c'est pratiquer le juste,
C'est écouter en tout la conscience auguste,
Dont la voix, empruntant de Dieu sa majesté,
Conseille la justice avec autorité.
La passion toujours est en lutte avec elle;
A tous les pas tentés sur la route éternelle,
Il faut pour triompher de l'imperfection
De désirs opposés subir l'attraction,
Et, sans voir le chemin qu'on fait vers la lumière,
Pour elle, à la vertu, donner sa vie entière.
Hors de là tout est faute, erreur, expiation,
Hors de là tout gémit dans la création.
Le crime devant Dieu ne pouvant pas paraître,
L'esprit souffre le mal que l'erreur fait commettre;
Pour adorer un jour ce qu'il a combattu,
Par l'expiation il apprend la vertu.
Esprits, éloignez-vous de ces routes funestes,

Gravissez hardiment tous les degrés célestes ;
Ne vous contentez pas d'un fugitif essai,
Approchez-vous de Dieu, puisque lui seul est vrai.
Car la vertu pour l'homme est l'unique carrière
Dont l'orbite assurée embrassant la lumière,
Et de cieux infinis contenant la splendeur
Ait pour centre éternel l'âme du Créateur !


## LI


Dans son cours mesuré le feu qui purifie
Porte partout l'épreuve en augmentant la vie.
Chaque jour l'heure approche où croissant en raison,
De son mode restreint dépassant l'horizon,
L'homme ayant vu grandir en lui sa raison d'être,
Dans un ciel moins obscur pourra te mieux connaître.
Jour d'ineffable hymen où dans la vérité,
L'œil voit plus d'harmonie et sent plus de beauté.
Car toujours l'harmonie, hélas ! cachée à l'âme,
Vivait, nous dérobant sa trop subtile flamme ;
Pur rayon ignoré d'un esprit ténébreux
Qui ne voit pas celui qui remplit tous les cieux.
Jour où de l'inconnu le voile se déchire,
Jour où de la raison que l'univers admire,

8

Sentant mieux la puissance on voit mieux la beauté.
Où s'épanouissant devant la vérité,
L'âme en frémissant sort des confuses ténèbres
Qui voilaient son regard de leurs vapeurs funèbres,
Et du berceau d'un Dieu brisant le moule étroit,
De vivre par l'esprit se reconnaît le droit !


Car tel est le grand but où tout dans la nature
Sans fatigue et sans trêve aspire avec mesure.
L'attraction du Dieu dont la parole a lui
D'un désir invincible attire tout à lui.
L'être franchit du temps les lentes périodes,
Et de tout ce qu'il vit dépassant tous les modes,
Jaloux de s'égaler à l'unique grandeur,
Sans pouvoir se confondre avec le Créateur,
Parmi des jours sans nombre et des cieux sans mesure,
Sent croître à l'infini sa céleste nature.


## LII


Qui ne vous bénirait, fugitives douleurs,
Vous qui fûtes l'effroi de notre enfance en pleurs,

Et, sages artisans de nos chagrins moroses,
Prîtes soin de cacher l'épine sous les roses!
Qui donc sans vous connaître a triomphé du sort?
Qui n'affronta les flots ne se plaît point au port.
Qui ne connut le monde et ses vicissitudes,
Dans le culte du vrai ne met point ses études.
Des soucis passagers absorbent tous nos soins.
Le meilleur est toujours ce qu'on aime le moins.
De vaines passions tourmenté sans relâche,
L'homme, hors du bien qu'il fuit, disposera sa tâche,
Et de regrets tardifs cueillant les fruits amers
Gémira sous le poids des maux et des hivers.


Seul, l'esprit inspiré des feux de la lumière
Ose de la vertu mesurer la carrière;
Comme le juste en toi s'épanouit sans fin,
Rien ne le peut troubler dans son labeur divin.
Ton amour est pour lui la source inépuisable
Qui lui verse l'oubli de tout ce qui l'accable,
Et sait sur tous ces maux dont le terme est prochain,
Répandre les bienfaits d'un baume souverain.
Qu'importe ce qui passe et ce qui naît de l'heure:
Cette terre n'est point l'éternelle demeure,
Tout ce que nous voyons est l'onde d'un torrent
Qui vers les mers d'en haut s'écoule et se répand.
Sur ses flots éclairés d'une lumière vague,
Qui se peut attacher aux formes de la vague,

Croyant qu'il va fixer en un ferme cristal
Le réel ondoyant qui fuit vers l'idéal ?


## LIII


Car tout être ici-bas hors de lui-même aspire.
Ses désirs sont les sons d'une immortelle lyre,
Dont un archet divin transforme les accords.
Des rivages du temps nul ne connaît les bords,
Nulle sonde ne peut sur l'océan céleste
Vers un fond inconnu conduire un plomb funeste.
Tout est démesuré dans ce que Dieu créa.
L'homme le sent plus loin que tout ce qu'il rêva,
Hors du ciel et du temps, de la forme et du nombre,
Et dans l'éther vibrant n'en aperçoit pas l'ombre.


Ne nous arrêtons point à des formes d'un jour,
Que la course du temps dissipe sans retour.
Tout ce qui nous charma fuit, ondoie et s'efface.
De la réalité l'œil ne voit pas la face,
Car le miroir divin la peut seul réfléchir,
Et l'homme, en la cherchant, ne peut que s'éblouir.
Tendons au but lointain dont l'aimant nous attire :

Les flamboyants soleils que l'univers admire
Sont les voiles brûlants dont la pure beauté
Enveloppe à nos yeux sa chaste nudité ;
Voiles qui reflétant sa divine lumière
Transforment lentement notre argile première,
En fondant dans nos cœurs le sédiment humain
Pour en former le lit d'un plus céleste hymen.


Tends les bras vers ce lit, Psyché, car c'est ta couche.
C'est là qu'un dieu riant et le doigt sur la bouche,
Voilé, silencieux, mais couronné de fleurs,
Pour l'enivrer d'amour attend ton âme en pleurs !
Car cette sombre mort dont le nom seul t'effraie,
Cette mort de ton cœur la plus saignante plaie,
Est le triomphe en toi de l'éternel désir,
Palme que Dieu s'est faite et ne se peut ravir !


## LIV


Dans la création, œuvre idéale, unique,
Tout donne, tout reçoit et tout se communique.
Tout persiste et s'échange, et périt et renaît,
Enfin rien n'est réel de ce que l'œil connaît ;

Seul le rapport est vrai qui nous le manifeste.
Tout l'univers est voile à la pudeur céleste.
Le nombre est un rapport, la forme est un manteau,
Du divin ouvrier le temps est le ciseau,
Qui sans cesse modèle et sans cesse travaille,
A transformer du moi la figure et la taille.
Dans l'immatériel il unit sans effort
Les formes de la vie aux formes de la mort.
Le vieillard à l'enfant succède sans obstacle,
Et la mort prolongeant les faces du miracle,
Dans un berceau couvé d'un plus divin regard
Voit l'ange palpiter dans les bras du vieillard.
Car la forme est la mère inaccessible et pure
Qu'on ne peut arracher du sein de la nature,
Son entraille sans fin s'ouvre éternellement
Au regard pur caché dans le bleu firmament.
Toujours elle conçoit son verbe incorruptible
Qu'elle dérobe à l'œil dans un moule invisible ;
Défiant les regards des mortels abusés,
Elle mûrit en paix des fruits divinisés,
Et du céleste époux égalant la puissance
N'achève point l'hymen qui toujours recommence.
Oui, toujours plus vivant, toujours plus épuré,
Le germe triomphant sort du moule sacré,
Sous les voiles d'Isis nul ne saurait l'atteindre.
Sans du monde visible avoir l'obstacle à craindre,
Sans redouter en rien le choc des éléments,
Bravant la foudre même et ses emportements,

Car la foudre du père est la fille soumise
Qui n'accomplit jamais qu'une tâche précise,
Et n'a reçu de lui par un mandat divin
Que le droit d'agiter le fond du cœur humain ;
Sans avoir jamais rien à craindre qui l'efface,
Le germe pur grandit dans le temps et l'espace.


## LV


Il grandit sous des cieux qui l'embrassent toujours.
Qui donc a cru remplir l'éternité des jours
Du souffle passager d'une vie éphémère ?
Qui croit de l'océan vider la coupe amère,
Et pouvoir dessécher en y baignant son corps
Le grand fleuve du temps dont nul ne voit les bords ?
Ces rêves enfantins trahissent la faiblesse,
Dont notre esprit encore endure la bassesse,
Levons les yeux plus haut. Dans l'immortalité
Voyons s'épanouir sans fin la vérité,
Recherchons les parfums de la rose éternelle
Qui toujours nous invite à respirer vers elle.
Ses épines sans doute ensanglantent nos mains ;
Ce qui charme le ciel doit froisser les humains,
Car l'esprit est de bronze aux douleurs passagères

Dont la chair sans frémir ne sent point les misères.
Sachant que la douleur est un mode restreint,
L'esprit ne cède point à l'effort qui l'étreint ;
Sa force se concentre, invisible, indomptable,
Pour triompher bientôt de l'assaut redoutable,
Pour s'élever plus haut vers les divins sommets
Qu'il convoite toujours et qu'il n'atteint jamais.
Tel qu'Hercule enfermé dans un étroit espace,
Dissimulant sa force au monstre qui l'embrasse,
Mesure ses efforts à l'effort ennemi,
Afin de ne jamais triompher à demi,
Ainsi l'esprit divin caché, sous la substance,
Concentre les trésors de sa sublime essence,
Et déployant soudain son germe illimité,
D'éblouissants rayons peuple l'immensité !

## LVI

Qui croit pouvoir de Dieu mesurer la puissance
De sa propre faiblesse accuse la démence.
Nous ne percevons rien de l'être illimité,
Rien que notre néant et son éternité.
Tout se dérobe à nous sous un masque admirable,
Qui ne saurait céder au fardeau qui l'accable,

Et qui sous le marteau, la hache, le ciseau,
Ourdit à notre insu son merveilleux réseau.
L'onde perfide cède à la flamme subtile,
Mais c'est pour échapper à notre œil inhabile.
L'éther est soupçonné mais n'est pas entrevu;
Quand nous le connaîtrons, rien ne sera connu.
Dans ses plis ondoyants la nature recèle
Le mystère profond de la cause éternelle,
L'entrevoir est le but unique de l'esprit,
Le céleste aliment dont l'espoir se nourrit,
Le flambeau vers lequel tout gravite sur terre.
Mais le bonheur sans fin veut le constant mystère,
Les amants ont besoin de l'ombre et de la nuit,
La beauté se dérobe à l'œil qu'elle séduit.
Il suffit qu'en nos cœurs son haleine enivrante
Descende pour qu'en nous tout s'anime et s'aimante,
Pour que le jour voilé paraisse radieux,
Réfléchissant l'amour dans le miroir des cieux.
Il suffit que, charmé dans sa forme inconstante,
L'esprit de ciel en ciel puisse porter sa tente,
Toujours plus près de Dieu, plus loin de ce qu'il fut,
Du rêve qu'il forma, de la lettre qu'il lut.
Il suffit pour qu'à l'âme un Dieu plus grand s'atteste,
De monter les degrés de l'échelle céleste;
Sans entrevoir la fin, sans chercher le milieu,
Il suffit à l'esprit de se plonger en Dieu,
Pour qu'un désir plus noble illuminant son âme
Attise de l'amour l'inextinguible flamme.

## LVII

Comme Israël jadis au milieu du désert,
D'une manne inconnue a vu le sol couvert,
Ainsi l'esprit, changeant de figure et de sphère,
Ne cesse point de boire aux sources du mystère.
Dans la Bible céleste il est plus d'un Jacob,
Plus d'un juste est monté sur le fumier de Job,
Et souvent le courage a tenté de Moïse
L'effort victorieux et la noble entreprise ;
Car un peuple a besoin de l'homme en qui de Dieu
Vibre le Verbe actif, plein de sève et de feu.
Les tables du Sina qu'on grava sur la pierre
Resplendiront un jour dans la pure lumière,
Et l'éclair pâlira sous les feux de l'esprit.
On verra s'effacer ce que l'homme écrivit,
A de plus hauts destins les âmes conviées
Des glaives du regard perceront les nuées ;
Le moi voyant toujours son domaine agrandi
Gravitera vers Dieu d'un essor plus hardi.
L'incarnation sainte à de plus grands mystères
Enchaîne la raison dans de plus hautes sphères ;
Tel l'arbuste croissant auprès d'une humble fleur,

De sa tige flexible admire la hauteur,
Puis découvrant bientôt le chêne vénérable
Ressent de l'égaler le désir indomptable.
La corne d'abondance au ciel coule à pleins bords ;
Qui n'admirerait point les sublimes trésors
Dont la mine féconde embrassant la nature,
Place une veine au sein de chaque créature,
Préparant la raison à cette vérité,
Que la limite enferme en soi l'illimité ?


## LVIII


La solution naît de la mort du problème.
Tout doit se transformer dans la substance même,
Obéissant aux lois d'un admirable accord,
Pour mourir de la vie et naître de la mort.
Le désir satisfait dans son triomphe expire ;
L'âme brise le luth en saisissant la lyre
Et s'aperçoit, brûlant d'un plus noble désir,
Qu'en elle rien n'est mort que la peur de mourir.
Le moi, pour triompher de sa propre faiblesse
Et pour vivre toujours, devra mourir sans cesse,
Transformant sa nature au gré de sa raison
Et refoulant le ciel par delà l'horizon,

Car l'être, à chaque instant, dans la même seconde,
Naît, vit et meurt, ainsi que la force du monde.


Le flux naît du reflux et le reflux du flux,
Et l'on nomme passé ce que l'œil ne voit plus,
Mais le passé demeure et reste impérissable
Dans chaque molécule et chaque grain de sable.
Le présent est le sein où germe l'avenir ;
Pour que rien ne finisse en tout, tout doit finir
Afin que la raison en tous se modifie,
La vie est dans la mort et la mort dans la vie ;
Tout venant de l'esprit, dans la création,
Pour qui naître et mourir est la même action.
Donc tout passe ici-bas afin que tout demeure,
Et se déduit du temps par le calcul de l'heure ;
La barrière passée est l'obstacle franchi,
Et le vautour mourant, Prométhée affranchi.


## LIX


L'homme ainsi dominé par la loi nécessaire
Espère ce qu'il craint et craint ce qu'il espère.
Cette angoisse immortelle est l'immortel plaisir,
Et le désir renaît par la mort du désir.

Vivre ne suffit point à l'être, il faut qu'il croisse,
Il faut avec l'amour que le désir s'accroisse,
Pour que l'esprit grandisse avec la vérité,
Et parallèlement, pendant l'éternité.


Telle est la' loi vivante, immuable, inflexible,
Qui soumet l'univers à sa force invisible,
Multipliant partout l'irrésistible effort,
Qui, relevant le faible, humiliera le fort.
Rien n'échappa jamais à la divine essence,
Qui perçoit tout le vrai dans sa pleine évidence,
Au moteur inconnu des jours mystérieux,
Dont les regards profonds sont les axes des cieux.
Rien n'échappe à celui qui se conçoit lui-même ;
Rien n'échappe à l'esprit qui contient le problème,
Et projette partout, sous des angles divers,
Les germes fécondés de tous les univers.
L'invisible est pour lui la réalité même,
C'est dans ce champ divin qu'il récolte et qu'il sème.
Mystère du génie ! inconcevable en soi,
Si l'amour inspiré n'en devinait la loi.
Notre molle substance au repos vil aspire,
Mais à l'en détacher ta puissance conspire ;
De ton temple immortel le repos est banni ;
On t'adore en voulant un labeur infini,
En amassant en soi la semence des mondes,
En concentrant le sens des vérités fécondes,

Pour arracher un jour de la nuit du chaos,
La substance des nerfs et la moelle des os !


## LX


Car notre tour viendra dans l'immense genèse
De sortir épurés de la sainte fournaise ;
Récompensés par toi d'un exil trop amer,
Nous compterons les grains de sable de la mer.
Nous verrons s'agrandir ton arche d'alliance ;
Le patriarche en nous sentira ta puissance,
Et d'un mortel péché mesurant la grandeur
Ressaisira d'Adam la divine splendeur.
Lorsque nous conduirons le char de la tempête
Éblis se courbera sur un signe de tête.
Nos regards concentrés sur un jeune univers
Ainsi que des soleils en tariraient les mers ;
Nous les modérerons avec complaisance
Pour ne point éblouir sa frêle adolescence.
De poëmes sans fin berçant les nouveau-nés,
Nous les ferons grandir autant que leurs aînés.
Glorifiant ton Verbe ainsi qu'il le mérite,
Nous ornerons le temple où sa justice habite,

Et réhabilités par l'adoration,
Nous prendrons enfin part à la création.


Tel est le terme auguste où tu veux nous conduire,
Si nous osons d'Orphée accompagner la lyre,
Si nous marchons sans peur sur les pas de Jason,
Sachant unir en nous l'amour et la raison.
La tendre poésie est la vive étincelle,
Qu'entretient dans nos cœurs une flamme immortelle,
Ne laissons point pâlir son merveilleux éclat,
Dans la réalité ne tombons point à plat,
Car la réalité comme l'œil la pénètre,
N'est qu'un tissu d'erreurs que Dieu ne put commettre.


## LXI


C'est par votre pouvoir, mystérieux gémeaux,
Qu'à de plus grands esprits s'ouvrent des cieux nouveaux.
Le firmament étroit, dont l'ampleur nous étonne,
Ne peut de la vertu mesurer la couronne.
Chaque effort d'un esprit né pour la vérité
Accroît de la raison l'empire illimité,
Transformant la nature au gré de la puissance

Qui porte sa lumière en chaque conscience ;
Et chaque effort de l'âme accroît le pur amour
Dont l'aurore précède et suppose le jour.
Répandez votre encens, ô candides vestales,
Vers la rose céleste aux splendides pétales.
L'innocence est au fond de tout ce que l'on voit.
La vierge devient mère et fait ce qu'elle doit.
L'époux de mille anneaux pare sa fiancée,
Et met un ciel au doigt de la jeune épousée
Car il ne connaît point le sordide intérêt
Et change en plaisirs purs les larmes du regret.
Le jour fit de la nuit sa compagne fidèle,
Du sombre deuil la joie est la sœur éternelle,
Tout est légitimé dans la création,
Qui de la vérité n'est que la fonction.
Les univers sont pleins d'une raison vivante,
Dont la majesté même engendre l'épouvante,
Et l'amour égalant sa grâce à son pouvoir
Devant la beauté pure agite son miroir.
Dans ce miroir profond où se réfléchit l'Être,
On apprend à l'aimer avant de le connaître,
Le joug courbe des fronts que la palme ornera,
Et le sphinx vainc l'esprit qui bientôt le vaincra.
Voilà pourquoi toujours dominé par la chose,
L'homme tente l'effort qui la métamorphose,
Et n'en peut triompher qu'à la condition
D'accélérer du temps la constante action.

## LXII

Mais puisque la suprème et céleste harmonie
Impose un noble but à son divin génie,
Quel esprit se peut croire à ce terme arrivé
De végéter en paix dans l'idéal rêvé?
L'hymen n'est satisfait qu'afin qu'il recommence ;
Chaque point de départ naît d'une récompense,
Dont le charme attendu s'épuise en un instant
En ne laissant au cœur qu'un désir plus ardent.


Voilà pourquoi ton Dieu, Psyché trop inconstante,
Se refuse aux désirs de sa perfide amante.
Le Dieu que tu verras dans sa chair et ses os
S'effacera plus tard devant des dieux plus beaux.
Seul, l'Éternel pour toi demeure impénétrable,
Et ne saurait se rendre à ton désir coupable ;
Le contemplant toujours, tu ne peux pas le voir,
Et pourtant de sa face il faut garder l'espoir.
Car de ses traits divins naissent des myriades
De demi-dieux plus grands que ceux des Iliades,
Qui, flattant de tes sens les passagers transports

9

Seront les fiers époux qu'attendent mille morts.
Oui, toujours plus heureuse et toujours plus ravie,
En bénissant la mort tu quitteras la vie,
Car pour n'être point vu, pour ne te point briser
L'Éternel, ton vrai Dieu, ne peut que t'embrasser.


Ame, contente-toi de ce baiser suprême;
Un bonheur plus parfait te détruirait toi-même.
Ne t'épuise donc point en regrets superflus,
L'austère vérité ne donne rien de plus.
Car il faut que l'amour à la raison s'allie.
Dès que l'amour l'emporte et que la raison plie,
La faute en paraissant engendre la douleur,
Dont ne peut approcher l'éternelle splendeur.


## LXIII


Quoi ! toujours le plaisir accompagne la peine?...
Rompez donc les anneaux de la céleste chaîne !
On ne récolte pas avant d'avoir semé,
Et l'on n'engendre point avant d'avoir aimé.
Quand vit-on la balance, impartiale et libre,
Sous des poids inégaux rester en équilibre?

Dieu ne donna jamais aux esprits ce pouvoir
De le contrarier par un mauvais vouloir.
Un plus sublime effort mérite qu'on le tente.
L'être imparfait d'un sort imparfait se contente ;
S'il ne monte plus haut il n'atteindra qu'au seuil
Et viendra s'échouer sur le premier écueil.
Un Océan plus vaste a de plus fiers Charybdes,
Ulysse après Ithaque a les Atlantides.
Tout est commencement dans la création,
Dieu ne se reposa que dans la fiction ;
Le mouvement sans fin veut l'esprit sans limites,
Et la nature aux yeux sait mesurer les sites.


Ainsi le veut du vrai l'inéluctable loi.
L'enfant rêve d'être homme et Macbeth d'être roi.
Tout aspire en tous lieux à la forme plus haute ;
Si l'ouvrage est mauvais, l'auteur en a la faute.
Mais ce désir lui-même en sa perfection,
Témoigne que l'auteur de la création
Impose à son ouvrage une tâche élevée,
Qui jamais n'est complète, et jamais achevée.
La vie a sa formule, et tend vers le bonheur
Par l'aspiration constante du meilleur.
La mollesse naquit un jour de l'habitude,
Mais l'âme ne connut jamais la lassitude,
Même en se dégradant, ses sublimes instincts,
Ne sont point par l'erreur complétement éteints,

Une haute raison, dans sa clarté sagace,
Jusque dans le mensonge, au vrai fit une place.


## LXIV


Admirons de tels plans et ne nous plaignons pas
Que la variation d'un tout-puissant compas,
Préparant devant nous les demeures célestes,
Nous rende un jour des dieux les compagnons modestes.
D'innombrables stations peuplant l'immensité,
Le vrai, dans l'éternel, mit la variété.
Une ombre impénétrable en voile la richesse,
Et notre esprit vaincu par sa propre faiblesse,
Prenant la goutte d'eau pour l'infini sans bords,
Croit résumer en lui tous les divins trésors.
D'un plus ferme regard embrassant la nature,
Voyons-la s'égaler en chaque créature ;
Les êtres séparés par des degrés constants
Ne résoudront jamais l'équation du temps,
Mais prolongeant en Dieu d'immortelles séries
Se correspondent tous en différentes vies.
L'esprit étroit se plaît dans l'uniformité,
Mais le don du génie est la variété,

Qui se mouvant sans fin engendre l'immuable,
Et pour qui la limite est l'incommensurable.

Dans le rapport, lien de toute vérité,
L'enchaînement du tout produit la liberté.
L'être agit comme il veut, mais rien qu'en son orbite,
Et ne saurait d'un point en franchir la limite ;
Il ne peut déranger que des plans apparents,
Découverts à ses yeux par des rapports plus grands,
Dont la réalité demeure inaccessible,
Et son pouvoir expire au seuil de l'invisible.
De la main qui donna, nous voyons les présents,
Mais toujours cette main sait échapper aux sens.

## LXV

Ne commettons donc plus cette erreur méprisable,
De croire qu'en son jeu laissant tricher le diable,
Le mal à chaque instant est pour Dieu l'imprévu,
Et que sa création sort de l'inattendu.
Le hasard n'enfanta jamais que des chimères,
Mais de rapports constants les vérités sont mères ;
Le démon ne saurait lier les bras de Dieu,

Tout autant que le bien, le mal naît en son lieu ;
Tous les deux sont pesés dans l'exacte balance
Dont l'homme se refuse à saisir l'évidence,
. Tous les deux, fils jumeaux de la nécessité,
Ont pour un but commun, la même volonté.


Ce but assure en Dieu l'ascension de l'être.
Le loup resterait loup, s'il en était le maître.
L'homme se croit trop grand pour s'élever plus haut,
Et le fer, lorsqu'il brûle, est présumé trop chaud.
Tout ce que le temps froisse, humilie et torture,
Devient un élément souple de la nature.
Un corps ne se meut point s'il n'est pas excité,
Hors de la résistance, on perd la volonté.
Si l'inconnu n'était, que serait le génie ?
Deux modes opposés engendrent l'harmonie ;
Le plaisir, la douleur, sont le chaud et le froid
Sans lesquels rien ne vit, sans lesquels rien ne croît.
Cette loi dont la grâce à la force s'allie
Accorde à ses sujets une éternelle vie,
A la condition que son autorité,
Devra régler le jeu de chaque volonté.
Il n'est aucun moyen d'éluder sa puissance,
Car son point d'appui naît de notre résistance ;
De la vaincre un instant il faut perdre l'espoir,
Et la contrarier passe notre pouvoir.

## LXVI

Suivons ces plans divins dont la majesté sainte
Fait naître autant d'espoir qu'elle inspire de crainte.
Si l'Argo de Jason est déjà démâté,
Qu'un plus puissant vaisseau porte sa volonté.
Sur un pont plus hardi, parais, sage Lyncée !
La navigation n'est jamais épuisée
Quand tout point d'arrivée est un point de départ.


Adieu, chère Médée ! Et suis d'un doux regard
Celui qui se dérobe à ta vive tendresse,
Et dans chaque beauté craint une enchanteresse.
Cet amant qui s'éloigne, ivre de ton amour,
Dans tes bras adorés reviendra quelque jour.
Le soleil, des héros, reproduisant l'histoire,
Se lève avec effort, et se couche avec gloire.
Le doute est la vapeur, la crainte est le brouillard,
Qu'un esprit pénétrant perce de son regard.
Le ciel pâlit s'il voit l'éclipse du courage :
Il faut pour conserver un céleste héritage

Que l'effort se mesure à l'éclat des lauriers,
Et ne se borne point à des siècles entiers.


C'est en sortant du bain ses bras encore humides,
Qu'Hercule doit percer les oiseaux Stymphalides.
Le courage à la gloire a la première part,
Et le travail des dieux est le point de départ.
Honorons des vertus la majesté suprême !
Leur immortel pouvoir s'étend jusqu'à Dieu même.
Qui ne le voit régner dans la création
Ne sent pas que du vrai le juste est l'action ;
Et que dans l'infaillible et céleste balance,
La raison, de l'effort mesurant la puissance,
Accorde au seul mérite un titre incontesté
De sagesse, de gloire, et d'immortalité.

# LA VENDANGEUSE

Bootes mergetur, visus effugietque tuos,
at non effugiet Vindemitor.

Déjà l'astre du jour s'incline à l'horizon,
Pomone a chassé Flore, et son doux règne arrive.
Sous les ceps jaunissants le raisin à foison
Nous convie au banquet tant fêté par la grive.
Un frais brouillard s'étend sur les flancs du vallon,
Couvrant le sol brûlant d'un voile de rosée :
Comme d'un bouclier que la terre embrasée
Oppose aux coups pressés des flèches d'Apollon.

Sous les arceaux épais des vignes serpentantes
    Les yeux baissés, le front riant,.
Foulez d'un pied léger, foulez, jeunes Bacchantes,
    Foulez le raisin odorant.


Bacchus a triomphé. Tressez une couronne
Pour ce roi pacifique orné de pampres verts ;
Pour l'amant d'Ariane et l'époux de Pomone
Tenez vos cœurs joyeux et vos caveaux ouverts.
Adieu, les noirs soucis dont l'ennui nous oppresse !
Sombre mélancolie, abandonne nos toits ;
Nous voulons aujourd'hui, Bacchus, que ton ivresse
Nous charme, nous captive et nous donne des lois !


Sous les arceaux épais des vignes serpentantes,
    Les yeux baissés, le front riant,
Foulez d'un pied léger, foulez, jeunes Bacchantes,
    Foulez le raisin odorant.


———


O vigne ! trop longtemps ta feuille méprisée
Gémit sous le ciseau d'un impudent sculpteur.

Cette feuille de pourpre, éclatante, irisée,
Digne d'orner le front d'un dieu toujours vainqueur !
Votre main cède au poids de cette grappe mûre ;
O jeune Corydon, aidez Amaryllis ;
Soutenez les efforts de cette main peu sûre ;
Courbez ces ceps rampants, émondez ce treillis.


Sous les arceaux épais des vignes serpentantes,
      Les yeux baissés, le front riant,
Foulez d'un pied léger, foulez, jeunes Bacchantes,
      Foulez le raisin odorant.


Mais quoi ! déjà le ciel s'embrase à l'orient,
Une étoile apparaît, blonde, resplendissante,
Devançant d'Apollon le char éblouissant,
Elle nage au milieu de la pourpre écumante !
Allez, ô vendangeurs, où le dieu vous convie.
Armez vos doigts noueux de la serpe d'argent.
Allez cueillir la grappe, allez presser la vie,
Savourer le nectar au flot pur et changeant.


Sous les arceaux épais des vignes serpentantes,
Les yeux baissés, le front riant ;

Foulez d'un pied léger, foulez, jeunes Bacchantes,
    Foulez le raisin odorant !

———

L'étoile veut te fuir, ô divin Apollon !
Mais ton char embrasé la presse et va l'atteindre.
Amaryllis ainsi voulait fuir Corydon,
Mais Corydon l'enlace et va bientôt l'étreindre.
Le perfide zéphyr à l'haleine enivrante
Ébranle la pudeur qui tremble en combattant,
Si l'étoile d'en haut, qui veille en scintillant,
Ne consacre l'épouse en défendant l'amante.

Sous les arceaux épais des vignes serpentantes,
    Les yeux baissés, le front riant,
Foulez d'un pied léger, foulez, jeunes Bacchantes,
    Foulez le raisin odorant !

———

Les bœufs lassés du joug ruminent en silence,
Flairant le sol, broutant les ronces du chemin ;

Pendant qu'un jeune enfant fait courber sous sa main
Leur front qu'orne et défend la corne d'abondance.
Leur sort est d'ignorer les services qu'ils rendent,
De prodiguer à l'homme un travail patient,
De tracer les sillons qui montent et descendent
Sur les flancs arrondis du coteau souriant.


Sous les arceaux épais des vignes serpentantes,
    Les yeux baissés, le front riant,
Foulez d'un pied léger, foulez, jeunes Bacchantes,
    Foulez le raisin odorant !


Le soleil atteignant la moitié de sa course
Inonde de ses feux le front du vendangeur,
L'oiseau ride en buvant le cristal de la source,
Ta joue, Amaryllis, est la grenade en fleur.
Cherchez l'ombre et le frais, et les tapis de mousse !
La grotte du bocage et l'antre du sylvain.
Versez avec respect dans la coupe qui mousse
Le nectar embaumé sorti du fruit divin.


Sous les arceaux épais des vignes serpentantes,
    Les yeux baissés, le front riant,

Foulez d'un pied léger, foulez, jeunes Bacchantes,
    Foulez le raisin odorant !

———

Un sommeil enchanteur de tous les sens s'empare,
L'esprit flotte, assailli de rêves ondoyants,
Bacchus vous a surpris par un présent si rare,
Mais sa légère ivresse a des songes riants.
Ici, c'est un palais tout orné de guirlandes,
Tout parfumé de pampre et chargé de festons,
A votre approche ouvrant ses portes toutes grandes,
Au bruit joyeux des luths, des chœurs et des chansons.

Sous les arceaux épais des vignes serpentantes,
    Les yeux baissés, le front riant,
Foulez d'un pied léger, foulez, jeunes Bacchantes,
    Foulez le raisin odorant !

———

Ici, c'est un beau lac aux transparentes moires,
Couvert d'esquifs légers qu'un doux zéphyr conduit,

Brillant des feux de l'astre inconnu de la nuit,
Réfléchissant sa face et contemplant ses gloires.
Là... Dieu !... Mais quel mortel oserait même en rêve,
S'abandonner sans crainte à des transports si doux ;
Évite, Corydon, que ton rêve s'achève ;
Amaryllis !... Hé quoi ? De grâce, éveillez-vous.


Sous les arceaux épais des vignes serpentantes,
    Les yeux baissés, le front riant,
Foulez d'un pied léger, foulez, jeunes Bacchantes,
    Foulez le raisin odorant !


Déjà l'ombre envahit la pente des coteaux ;
Reprenez, vendangeurs, la tâche interrompue.
Dans l'osier recourbé placez la grappe nue,
Vouez la serpe agile à de nobles travaux.
Heureux le laboureur s'il aime la nature !
S'il connaît sa richesse, et goûte ses présents ;
S'il prête à ses leçons une âme douce et pure.
Heureux s'il sait jouir de ses dons bienfaisants !


Sous les arceaux épais des vignes serpentantes,
    Les yeux baissés, le front riant,

Foulez d'un pied léger, foulez, jeunes Bacchantes,
    Foulez le raisin odorant !

—— ——

Hélas ! pourquoi faut-il qu'un si beau jour finisse ?
L'Occident enflammé dispute à l'Orient
Les faveurs qu'Apollon dispense sans caprice,
Car il règne en roi sage, et non pas en tyran.
Il règne comme un père, et par des lois prudentes,
Sait à tous ses enfants faire une égale part ;
Les globes asservis dans leurs courses errantes
Brûlent de ses rayons, tremblent sous son regard !

Sous les arceaux épais des vignes serpentantes,
    Les yeux baissés, le front riant,
Foulez d'un pied léger, foulez, jeunes Bacchantes,
    Foulez le raisin odorant !

——————

Bientôt son char superbe embrase l'Occident,
Ses chevaux sont couverts d'une pourpre écumante ;
L'Orient consterné pâlit en regardant
Son rival se draper dans sa gloire éclatante.

Frères jaloux! le ciel est trop étroit pour eux ;
Ils se font chaque jour une implacable guerre,
Pendant que le soleil en éclairant les cieux,
Se sert de leurs combats pour féconder la terre.


Sous les arceaux épais des vignes serpentantes,
        Les yeux baissés, le front riant :
Foulez d'un pied léger, foulez, jeunes Bacchantes,
        Foulez le raisin odorant !


O vendangeurs ! rentrez au foyer domestique.
Rentrez pour l'enrichir de ces présents du ciel ;
Rentrez pour le parer de cette grappe unique,
D'où doit couler un vin aussi doux que le miel.
Célébrez la nature, éternelle, admirable ;
Retournez au logis, assemblez vos enfants,
Faites-leur reconnaître en ces dons bienfaisants
D'un ineffable amour le gage inimitable !


Sous les arceaux épais des vignes serpentantes,
        Les yeux baissés, le front riant ;
Foulez d'un pied léger, foulez, jeunes Bacchantes,
        Foulez le raisin odorant !

# LE SAGITTAIRE ET LA BALANCE

LE SAGITTAIRE.

La paresse est aux dieux ce qu'est la rouille au fer.
Les astres dormiraient mollement dans l'éther
S'ils ne redoutaient pas que ma flèche invisible
Ajoute à leur orbite un arc trop sensible.
Tout doit dans l'infini d'un même mouvement,
Ainsi que l'Éternel, se presser lentement.

LE POËTE.

Hâtez ! hâtez ! flèches rapides
Le cours monotone des jours ;
Je trouve les cieux trop timides,
Et les dieux lents dans leurs amours.


LA BALANCE.

Qui doit de mille cieux conserver la distance,
        Poëte, se meut lentement.
Et les plateaux sacrés d'une exacte balance
        Ne penchent qu'équitablement.


LE SAGITTAIRE.

On me blâme, et pourtant jamais je ne repose.
Dès que le bouton naît, je viens flétrir la rose.
Je sais à tous les ports inventer des écueils,
Et sous tous les plaisirs accumuler les deuils.
Le Centaure est lassé de ma course incessante,
Et l'amour du repos, à mon insu, me tente.


LE POËTE.

Se pourrait-il que la vieillesse
Se fît ressentir à Chiron ?

Et que Saturne eût la faiblesse
De rendre sa proie à Caron ?


### LA BALANCE.

Ce qu'un cœur inconstant, dans ses désirs volage,
     A mis un jour en mouvement,
Ressent la lassitude au début du voyage
     Et s'arrête infailliblement.


### LE SAGITTAIRE.

Hercule m'a légué la robe de Nessus.
D'un désir éternel je brûle, et ne puis plus
Quel qu'en soit mon dépit modérer ma carrière.
En vain du sablier s'écoule la poussière,
En vain le temps lui-même a des rides au front,
Toujours je roulerai dans un gouffre sans fond.


### LE POËTE.

     Bienheureux qui jamais ne cesse
     De lutter, de vivre et d'aimer !
Si la coupe d'Hébé me versait la jeunesse,
On ne m'entendrait point de mon sort murmurer.

### LA BALANCE.

J'ai juré par le Styx, sur le berceau de l'Heure,
  De peser équitablement ;
Et, par moi, l'Immortel en sa noble demeure
  Doit souffrir immortellement.

# LE SCORPION

Scorpion immisit Tellus.
OVIDE.

Se pourrait-il qu'au ciel un vil scorpion paraisse,
Et partage des dieux l'immortelle jeunesse?
Le destin à ce point a-t-il les yeux bandés,
D'accorder tous les dons qui lui sont demandés ;
Et n'est-ce point assez que sur l'ingrate terre
Le méchant à souhait s'agrandisse et prospère,
Faut-il quand de la mort vient pour lui le moment
Lui remettre aussitôt les clefs du firmament?...

Sachons mieux du destin comprendre la sagesse.
La porte de l'Olympe est close à la bassesse ;
Ce que l'œil réfléchit, il le transporte au ciel,
Ainsi toujours agit le crédule mortel.
L'homme, aisément trompé par l'apparence vaine,
Veut trouver dans le ciel l'aiguillon de la haine,
Mais que le méchant dresse ici-bas ses autels,
Les dieux voient le scorpion dans le cœur des mortels.

# LE CAPRICORNE

Quiconque se souvient que la chèvre Amalthée
Fut nourrice de Jupiter,
Ne s'étonnera point que la raison tentée
Sur des rocs inconnus se hasarde à monter.

M. D.


« Tenter le difficile est mon plus cher délice.
    Toute règle m'est en horreur ;
Sur des rocs escarpés je puis gravir sans peur :
    Ma loi suprême est mon caprice.


« Dans les prés odorants où fleurit la fétuque,
    Je ne me plais point à ramper ;

    Et dans ma rage de grimper,
Je risque mille fois de me rompre la nuque.


« Sur le bord des ravins couronnés de cytise,
    Je me penche avec volupté ;
Haïssant la sagesse autant que la sottise,
    J'aime à suivre ma volonté.


« Les animaux poltrons admirent la prudence
    Qui les préserve du danger ;
Moi, je brave la mort avec insouciance,
    Un vil effroi m'est étranger.


« Suivre un hardi penchant est toute ma sagesse.
Les dieux en me formant calculèrent pour moi ;
    Et je me soumets à la loi,
Qui rend ma volonté de mes forces maîtresse.


« J'escalade sans peur les flancs d'un précipice,
    Inaccessible à d'autres pas,
Suivre un sentier commode est mon pire supplice
Et mon rôle est d'aller où d'autres ne vont pas. »

Tout ici bas est nécessaire.
Des contrastes féconds la nature est la mère ;
Et la chèvre blâmée en ses bonds inégaux
    Est le Colomb des animaux.

# LE VERSEAU ET LES POISSONS

Bien avant que d'être homme, il est plus d'une épreuve.

Mille poissons vivaient dans les ondes d'un fleuve,
S'y trouvant bien par goût et par tempérament,
Sans rêver d'en sortir ils y nageaient gaîment.
Quand l'un d'entre eux cité pour sa haute sagesse
Vint de ses compagnons gourmander la paresse.

Depuis que je suis né, sur le sable des jours,
Sans s'arrêter, dit-il, l'onde coule toujours.
Qu'il serait doux de boire à l'amphore qui verse
L'inépuisable flot dont la course nous berce !
Vous devez la trouver en nageant vers le haut.
Survient-il quelque obstacle ? une carpe d'un saut
Le franchira d'abord pour vous ouvrir la voie.
Si je n'étais si vieux, j'y courrais avec joie.


Les poissons à ces mots devenus tout joyeux
Vers le but indiqué nagent à qui mieux mieux.
Atteindre le verseau leur paraît une épreuve
Digne de captiver les hôtes d'un grand fleuve.
La rive leur présente en ses escarpements
Des débris de palais, de tours, de monuments ;
Ils rêvent qu'un poisson à l'immense nageoire
Change en se déplaçant les ondes de l'histoire,
Et que ce poisson-là nage dans le verseau.
Ils brûlent de courir vers un frère aussi beau ;
Mais du fleuve agrandi le murmure sonore
Leur apprend qu'en montant ils descendent encore :
Les ans suivent les mois, et les siècles les jours,
    Petit poisson nage toujours.

FIN.

# TABLE

PARIS — IMP. SIMON RAÇON ET COMP., RUE D'ERFURTH, 1

PARIS. — IMP. SIMON RAÇON ET COMP., RUE D'ERFURTH, 1.